ミステリ【英語《えいご》：mystery】

①ふしぎなこと。謎《ナゾ》。神秘《しんぴ》

②推理小説《すいりしょうせつ》

すいり【推理】

わかっている証拠《しょうこ》をもとに、まだよくわかっていないことを考《かんが》えていくこと

ようこそ。ミステリ好《ず》きの人生《じんせい》へ

# 放《ほう》課《か》後《ご》ミステリクラブ

5

## 龍《りゅう》のすむ池《いけ》事《じ》件《けん》

作 知念実希人
絵 Gurin.

ライツ社

# 人《じん》物《ぶつ》紹《しょう》介《かい》

主人公《しゅじんこう》。ふつうの小学《しょうがく》
4年生《ねんせい》だけど特技《とくぎ》が？
ミステリクラブ部員《ぶいん》。

運動神経《うんどうしんけい》ばつぐん。
クラスの人気者《にんきもの》。
動物好《どうぶつず》き。
ミステリクラブ部員《ぶいん》。

ミステリ小説《しょうせつ》が大好《だいす》き。
去年《きょねん》イギリスから
転入《てんにゅう》してきた。
ミステリクラブ部員《ぶいん》。

陸《りく》たちがいる
4年《ねん》1組《くみ》の担任《たんにん》。
ミステリクラブ顧問《こもん》。

1年生《ねんせい》。陸《りく》たちと、『雪《ゆき》の
ミステリーサークル事件《じけん》』
でかかわりがあった。

陸《りく》のクラスメート。
性格《せいかく》が正反対《せいはんたい》な
美鈴《みすず》となかよし。

# 事件《じけん》周辺《しゅうへん》地図《ちず》

今回《こんかい》の舞台《ぶたい》は、
冬休《ふゆやす》み前《まえ》の学校《がっこう》と神社《じんじゃ》。

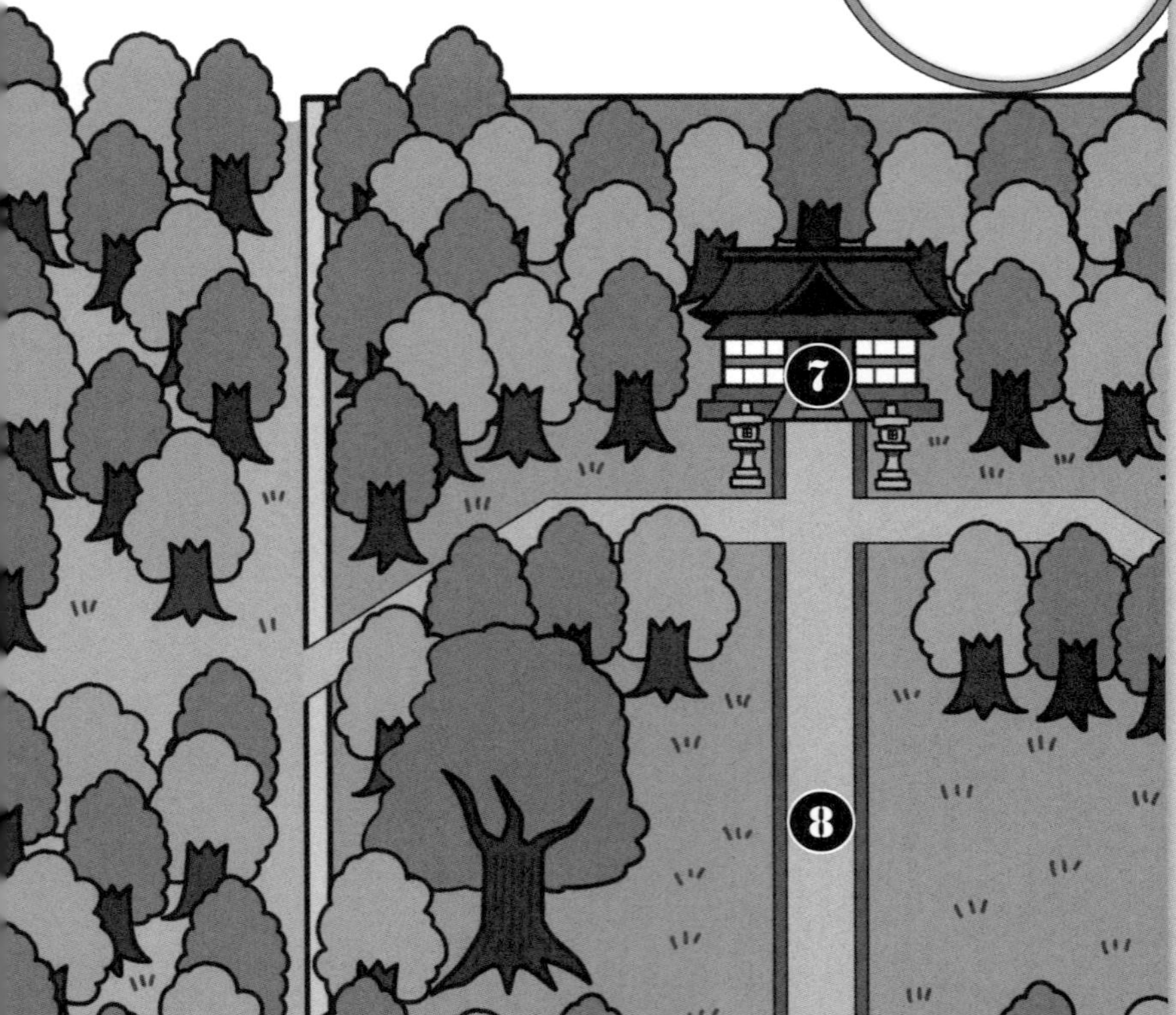

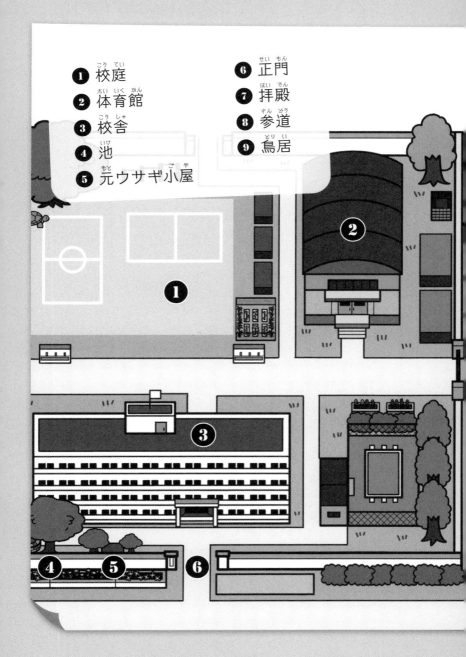

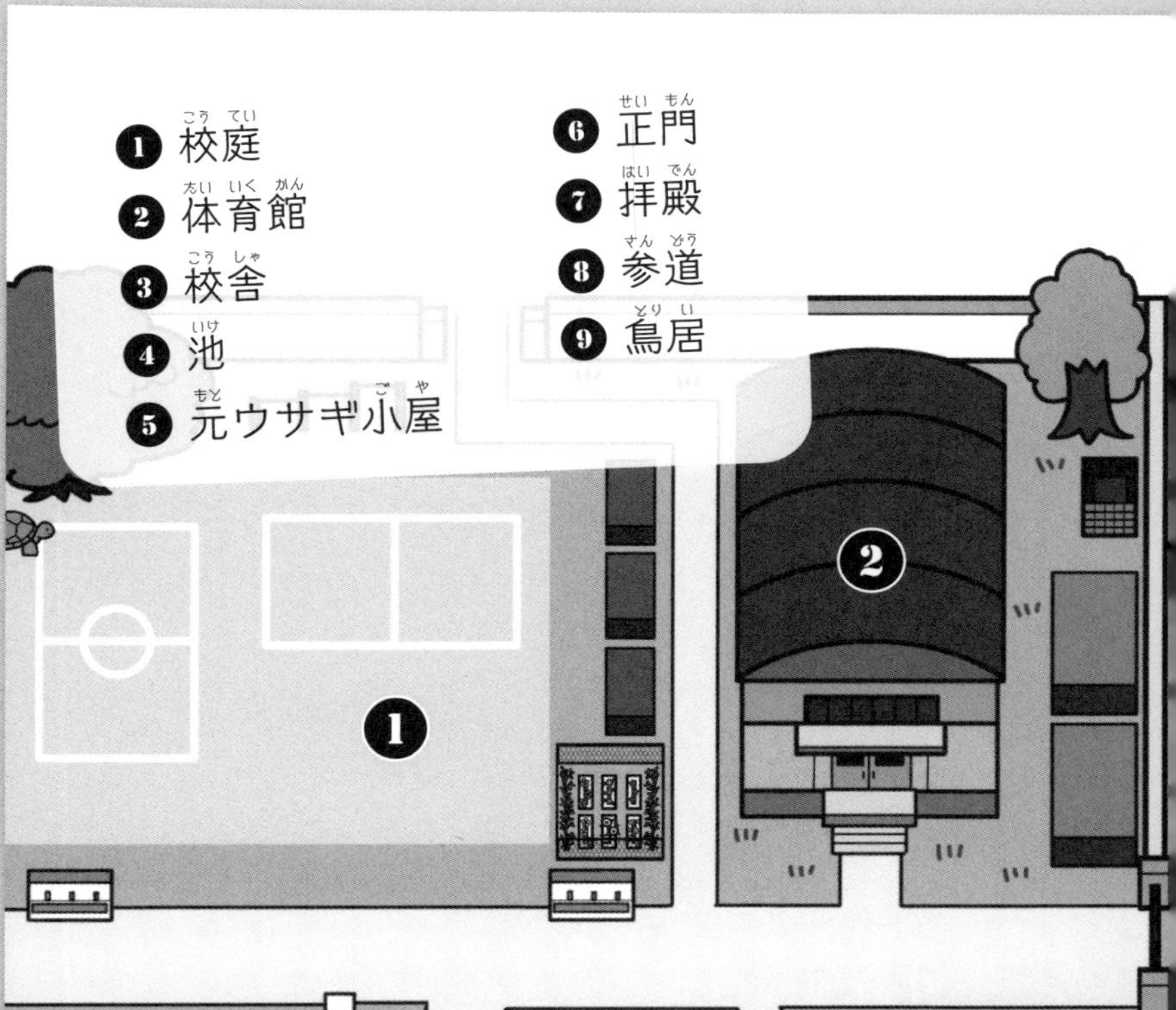

1 校庭《こうてい》
2 体育館《たいいくかん》
3 校舎《こうしゃ》
4 池《いけ》
5 元《もと》ウサギ小屋《ごや》
6 正門《せいもん》
7 拝殿《はいでん》
8 参道《さんどう》
9 鳥居《とりい》

# もくじ


人物紹介《じんぶつしょうかい》 4

事件周辺地図《じけんしゅうへんちず》 6

プロローグ 事件発生《じけんはっせい》 9

1 ミステリクラブ始動《しどう》！ 23

2 龍《りゅう》はどこに消《き》えた？ 34

3 部室《ぶしつ》で作戦会議《さくせんかいぎ》 65

4 チョークのワナ 78

5 十一体《じゅういったい》の動物《どうぶつ》の像《ぞう》 87

6 龍《りゅう》のわすれもの 104

7 またぬすまれたおかし 119

8 龍《りゅう》の正体《しょうたい》 129

9 意外《いがい》な共犯者《きょうはんしゃ》 145

10 きれい好《ず》きの犯人《はんにん》 151

11 名探偵《めいたんてい》の使命《しめい》 168

エピローグ 181

おまけ1 知念実希人《ちねんみきと》さん Gurin《ぐりん》さんにしつもん！ 186

おまけ2 陸君《りくくん》のかき方《かた》 189

おまけ3 天馬《てんま》のミステリ小説紹介《しょうせつしょうかい》 190

あとがき 192

5巻発売記念 とくべつふろく ハガキ紹介《しょうかい》!! 194

# プロローグ　事《じ》件《けん》発《はっ》生《せい》

♪げんこつ山《やま》の、タヌキさん、
おっぱい飲《の》んで、ねんねして……♪

鼻歌《はなうた》を口《くち》ずさみながら、神山美鈴《かみやまみすず》はブロックべいの上《うえ》を軽《かる》い足《あし》どりで進《すす》んでいく。ブロックべいはほんの十数《じゅうすう》センチのはばしかないが、ようちえんのときから体《たい》そうを習《なら》っている美鈴《みすず》は、まったくバランスをくずすことはなかった。

右側《みぎがわ》には神社《じんじゃ》があって、鳥居《とりい》のおくに参道《さんどう》がのびている。参道《さんどう》のつきあたりにある社《やしろ》の前《まえ》では、神主《かんぬし》さんや巫女《みこ》さんが何人《なんにん》か、いそがしそうに歩《ある》きまわっている。

「また何《なに》かイベントでもするのかな？」

ブロックべいの上《うえ》でスキップしながら、美鈴《みすず》はつぶやく。

この神社《じんじゃ》では、夏《なつ》に大《おお》きなぼんおどりが開《ひら》かれる。そのときは、参道《さんどう》にそって夜店《よみせ》がいっぱいならんで、たくさんの人《ひと》が楽《たの》しそうに、やきそばやたこやき、りんごあめなどを買《か》って食《た》べたり、射的《しゃてき》や金魚《きんぎょ》すくいを楽《たの》しんだりする。美鈴《みすず》は、にぎやかなお祭《まつ》りが大好《だいす》きだった。

「もうすぐクリスマスだから、クリスマスパーティーとかするのかな？　あっ、でも神社《じんじゃ》でクリスマスパーティーをするのはおかしいか」

ひとりごとを言《い》っているうちにつき当《あ》たりまでやってくる。美鈴《みすず》は「やっ！」と気合《あい》を入《い》れると、ブロックべいから飛《と》びおり、空中《くうちゅう》でくるりと一回転《いっかいてん》して着地《ちゃくち》した。神社《じんじゃ》のとなりは、美鈴《みすず》が通《かよ》っている小学校《しょうがっこう》だ。校門《こうもん》まではあと二十《にじゅう》メートルくらい。校舎《こうしゃ》についている時計《とけい》を見《み》ると、朝《あさ》の会《かい》が始《はじ》まるまであと十分《じゅっぷん》ちょっとあった。

（今日《きょう》はちょっとねぼうしちゃったけど、急《いそ》いだからちこくしないでよかった）

美鈴《みすず》がほっと息《いき》をついていると、冷《つめ》たい風《かぜ》がふいてきた。美鈴《みすず》は着《き》ているジャケットのえりを合《あ》わせて体《からだ》を小《ちい》さくしながら、足《あし》を進《すす》めていく。

「おはようございまーす！」

校門《こうもん》に立《た》っている先生《せんせい》に元気《げんき》よくあいさつして、校舎《こうしゃ》に入《はい》ろうとした美鈴《みすず》はふと左側《ひだりがわ》を見《み》る。

そこに、夏《なつ》に起《お》こった『密室《みっしつ》のウサギ小屋事件《こやじけん》』の現場《げんば》になった小屋《こや》があり、さらにそのおくに数人《すうにん》の子《こ》が集《あつ》まっているのが見《み》えた。そのうちのひとりがクラスメートの早乙女華《さおとめはな》であることに気《き》づいた美鈴《みすず》は、進《すす》む方向《ほうこう》を変《か》えた。

「華《はな》ちゃん、何《なに》しているの？」

小屋《こや》の前《まえ》を早足《はやあし》で通《とお》りすぎて声《こえ》をかけると、華《はな》はふり向《む》いて「あ、美鈴《みすず》ちゃん」とメガネのおくの大《おお》きな目《め》でこちらを見《み》てくる。

「なんか池《いけ》の中《なか》に変《へん》なものがいるんだって」

「池《いけ》の中《なか》に？」

美鈴《みすず》は首《くび》をかしげる。小屋《こや》のおく、学校《がっこう》の敷地《しきち》のはしには、理科《りか》の授業《じゅぎょう》で生物《せいぶつ》の観察《かんさつ》などに使《つか》う池《いけ》があった。そこでくんだ水《みず》をけんび鏡《きょう》で見《み》て、ミドリムシがいるのを観察《かんさつ》したり、また別《べつ》の夏《なつ》に起《お》こった『金魚《きんぎょ》の泳《およ》ぐプール事件《じけん》』でプールからすくった金魚《きんぎょ》を放《はな》して、飼《か》ったりしていた。

「変《へん》なものって何《なに》？」

美鈴《みすず》は、華《はな》のかたごしに池《いけ》を見《み》る。美鈴《みすず》のむねの高《たか》さくらいまで積《つ》みあげられた赤《あか》レンガにかこまれた池《いけ》。体育《たいいく》のときに使《つか》う運動《うんどう》マット二枚分《にまいぶん》を横《よこ》にならべたくらいの大《おお》きさがあった。

「なんかね、すごいのがいるの。かいじゅうみたいなやつ！」

小《ちい》さな男《おとこ》の子《こ》がこうふん気味《ぎみ》に声《こえ》をあげる。その子《こ》に見《み》おぼえがあった。

『雪《ゆき》のミステリーサークル事件《じけん》』のときに、「うちゅう船《せん》はあるんだ！」と言《い》って六年生《ろくねんせい》と言《い》いあらそいをした、一年生《いちねんせい》の種田空良《たねだそら》だ。

「ぼくね、今日《きょう》ね、金魚当番《きんぎょとうばん》だったの。それでさっき、金魚《きんぎょ》にエサをあげていたんだ。そうしたら気《き》づいたの。池《いけ》の底《そこ》に何《なに》かがいるって。かいじゅうみたいなやつ！　だからみんなをよんだんだ」

空良《そら》は早口《はやくち》でまくし立《た》てる。

「ちょっと空良君《そらくん》、落《お》ちついて。そのかいじゅうみたいなのって、華《はな》ちゃんも見《み》たの？」

美鈴《みすず》がたずねると、華《はな》は首《くび》を横《よこ》にふった。

「この池《いけ》って藻《も》がういていたりして、あんまりきれいじゃないでしょ。それに、さっきから風《かぜ》で水面《すいめん》がゆれているからよく見《み》えないの」

空良《そら》の同級生《どうきゅうせい》らしき少年《しょうねん》が、からかうように言《い》う。

「種田君《たねだくん》が見《み》まちがえたんじゃないの？　かいじゅうなんているわけないじゃん」

『雪《ゆき》のミステリーサークル事件《じけん》』のとき、「うちゅう人《じん》なんているわけがない」と六年生《ろくねんせい》からせめられたことを思《おも》いだしたのか、空良《そら》は悲《かな》しそうな顔《かお》になった。

「ちがうよ！　本当《ほんとう》に見《み》たんだってば！」

いまにも泣《な》きだしそうな声《こえ》で空良《そら》が言《い》うのを見《み》て、華《はな》がこまったような表情《ひょうじょう》をうかべる。

「わかった。それじゃあわたしが見《み》てあげる」

美鈴《みすず》が言《い》うと、華《はな》はメガネのおくの目《め》をさらに大《おお》きくした。

「まさか美鈴《みすず》ちゃん、この池《いけ》にもぐるつもり⁉」

「そんなことするわけないじゃん。水泳《すいえい》は好《す》きだけど、こんなに寒《さむ》いのにずぶぬれになったらカゼをひいちゃうよ。でも横《よこ》からじゃなくて、真上《まうえ》からまっすぐ見《み》たほうが、池《いけ》の底《そこ》がよく見《み》えるんじゃないかなって」

「え、真上《まうえ》って？」

華《はな》は首《くび》をそらして上《うえ》を見《み》る。そこにはさくらの木《き》の太《ふと》いえだがのびていた。

「よっと」

美鈴《みすず》はぴょんと池《いけ》のまわりのレンガにのぼると、両足《りょうあし》に力《ちから》をこめて、いまは葉《は》が散《ち》っているさくらのえだに向《む》けて思《おも》いきりジャンプをする。のばした両手《りょうて》でえだをつかんだ美鈴《みすず》は、鉄《てつ》ぼうでさかあがりをするかのようにぐるっと回転《かいてん》したあと、両《りょう》ひざのうらをえだに引《ひ》っかけてさかさまになった。

「うわ、すごい！　にんじゃみたい！」

コウモリのようにぶら下《さ》がっている美鈴《みすず》を見《み》て、一年生《いちねんせい》たちが歓声《かんせい》をあげる。

「美鈴《みすず》ちゃん、あぶないよ。早《はや》くおりてきなよ」

華《はな》が心配《しんぱい》そうに言《い》う。美鈴《みすず》は頭《あたま》を下《した》にしたまま笑顔《えがお》を見《み》せた。

「平気《へいき》だよ。これくらいのこと、体《たい》そう教室《しつ》でいつもしているもん」

「池《いけ》の底《そこ》、見《み》えた？　何《なに》かいるでしょ？」

空良《そら》が声《こえ》をはりあげる。

美鈴《みすず》は「ちょっと待《ま》ってね」と言《い》うと、目《め》をこらして真下《ました》にある池《いけ》を見《み》つめる。緑《みどり》色《いろ》ににごった池《いけ》の中《なか》を、数《すう》ひきの赤《あか》い金魚《きんぎょ》が泳《およ》いでいるのがわかる。ただ、やはり風《かぜ》が強《つよ》くて水面《すいめん》がゆれているせいで、池《いけ》の底《そこ》まではっきりとは見《み》えなかった。

「ごめんね、空良《そら》君《くん》。上《うえ》からでもよく見《み》えない」

「そう……」

空良《そら》が悲《かな》しそうにうつむくのを見《み》て、美鈴《みすず》が申《もう》しわけなく思《おも》っていると、

「何《なに》やっているんだ！」という声《こえ》が遠《とお》くから聞《き》こえてきた。顔《かお》をあげると、校《こう》門《もん》のところにいた先生《せんせい》がこちらを見《み》ていた。

「あっ、やばい。見《み》つかっちゃった」

美鈴《みすず》のほほがひきつる。担任《たんにん》の真理子先生《まりこせんせい》からはいつも、「あぶないことはしちゃだめよ」と注意《ちゅうい》されている。池《いけ》の真上《まうえ》でさかさまにぶら下《さ》がっていたなんてことを真理子先生《まりこせんせい》に知《し》られたら、またしかられてしまう。

「ごめんなさい。すぐおります」

あわててあやまった美鈴《みすず》は、ブランコのように体《からだ》を前後《ぜんご》にゆらし、そのいきおいを利用《りよう》して池《いけ》の外《そと》に向《む》かって飛《と》びおりようとする。

だが、足《あし》をはなすしゅんかん、真下《ました》にある池《いけ》が目《め》に入《はい》った。

美鈴《みすず》は大《おお》きく目《め》を見開《みひら》く。風《かぜ》がいつのまにかやんだのか、水面《すいめん》のゆれがおさまっていて、さっきよりはっきりと水《みず》の中《なか》が見《み》えた。

楽《たの》しそうに泳《およ》ぐ数《すう》ひきの金魚《きんぎょ》と、その下《した》で大《おお》きく口《くち》を開《ひら》いている『かいじゅう』。

おどろいたせいで足《あし》をはなすタイミングがくるい、着地場所《ちゃくちばしょ》がずれてしまう。

なんとか池《いけ》に落《お》ちるのはさけて、まわりをかこっているレンガに着地《ちゃくち》したけれど、大《おお》きくバランスがくずれてしまった。体《からだ》がうしろにかたむいていく。

このままじゃ、池《いけ》に落《お》ちちゃう——。あせってばたばたと動《うご》かしている美鈴《みすず》の手《て》が、がっちりとつかまれ引《ひ》っぱられる。

「だから言《い》ったじゃない。あぶないって」

美鈴《みすず》の手《て》をつかんだ華《はな》が、少《すこ》しだけおこったような口調《くちょう》で言《い》った。

「あ、ありがとう、華《はな》ちゃん」

むねをなで下《お》ろした美鈴《みすず》は、はっと息《いき》をのむ。

「そうだ、かいじゅう！　本当《ほんとう》にかいじゅうがいた！」

「え、かいじゅうってどんな？」

「どんなって……」

美鈴《みすず》はえだから飛《と》びおりるときに目《め》に入《はい》ってきた、『かいじゅう』のすがたを思《おも》いだす。

とぐろをまいていたへビのように長《なが》い体《からだ》、ライオンのようなタテガミ、するどい歯《は》がならんだワニのように長《なが》い口《くち》と、そこから生《は》えていた二本《にほん》のひげ。

これまで、美鈴《みすず》は何度《なんど》もそのすがたを見《み》たことがあった。

絵本《えほん》やテレビの中《なか》で。

「龍《りゅう》……。池《いけ》の底《そこ》に『龍《りゅう》』がいたの」

「龍《りゅう》？」

華《はな》がまゆをひそめたとき、チャイムの音《おと》がひびきわたった。

「あ、もう予鈴《よれい》だ。早《はや》く行《い》かないと朝《あさ》の会《かい》におくれちゃう。美鈴《みすず》ちゃん、行《い》こう」

華《はな》は美鈴《みすず》の手《て》をにぎったまま、正門《せいもん》のほうへと向《む》かっていく。

「わ、わかったから手《て》をはなして。ちゃんと教室《きょうしつ》行《い》くからさ」

華《はな》に引《ひ》っぱられながら、美鈴《みすず》はふり返《かえ》って池《いけ》を見《み》る。

小《ちい》さな池《いけ》からいまにも龍《りゅう》が飛《と》びだしてくるような気《き》がして、美鈴《みすず》は小《ちい》さく体《からだ》をふるわせた。

# 1　ミステリクラブ始《し》動《どう》！

「もともと、その場所《ばしょ》にいなかったのに、人間《にんげん》などの手《て》によって持《も》ちこまれた生《い》き物《もの》を『外来種《がいらいしゅ》』とよびます。外来種《がいらいしゅ》がふえると……」

一時間目《いちじかんめ》の理科《りか》の授業《じゅぎょう》、黒板《こくばん》の前《まえ》に立《た》っている真理子先生《まりこせんせい》が、ゆったりとした口調《くちょう》で話《はな》している。

「たとえば沖縄《おきなわ》ではどくヘビであるハブをへらそうと、人間《にんげん》がマングースというアフリカなどにすんでいる動物《どうぶつ》を外国《がいこく》から連《つ》れてきました。けれど、マングースはハブをつかまえることはあまりなくて、かわりに沖縄《おきなわ》にすむ天然記念《てんねんきねん》物《ぶつ》のヤンバルクイナという鳥《とり》などの、きちょうな生物《せいぶつ》をおそって食《た》べはじめてしまいました。それで、今度《こんど》はマングースをつかまえることになったんです」

真理子《まりこ》先生《せんせい》は、ゆかに置《お》いていた金《かな》あみでできた長細《ながぼそ》いカゴのようなものを持《も》ちあげてつくえに置《お》き、ぼくたちに見《み》せる。

「これがマングースをつかまえるためのワナね。エサでおびきよせられたマングースが中《なか》に入《はい》ると、入《い》り口《ぐち》がしまって出《で》られなくなるっていうしかけで……」

「ねえ、陸《りく》、ちゃんと聞《き》いてよ」

先生《せんせい》の話《はなし》を聞《き》いているぼく、柚木陸《ゆずきりく》に、となりのせきにすわっている神山美鈴《かみやまみすず》ちゃんが小声《こごえ》で話《はな》しかけてくる。

「本当《ほんとう》にいたんだって。池《いけ》の底《そこ》の龍《りゅう》が、大《おお》きく口《くち》を開《あ》けてわたしを見《み》たの」

「あんな小《ちい》さな池《いけ》に、龍《りゅう》なんているわけないじゃないか。見《み》まちがいだよ、きっと」

ぼくはあきれながら答《こた》える。

外来種《がいらいしゅ》
日直
重田

朝《あさ》の会《かい》がちょうど始《はじ》まるときに、美鈴《みすず》ちゃんはいきおいよく教室《きょうしつ》に入《はい》ってくると、そのいきおいのままぼくに近《ちか》づいてきて、「池《いけ》に龍《りゅう》がいたの！」と声《こえ》をはりあげた。

すごくこうふんしていた美鈴《みすず》ちゃんの説明《せつめい》はちょっとわかりにくかったけれど、どうやら学校《がっこう》のすみにある池《いけ》で龍《りゅう》を見《み》たということらしい。チャイムが鳴《な》り、ぼくたちのクラスの担任《たんにん》である真理子先生《まりこせんせい》がやってきて、朝《あさ》の会《かい》が始《はじ》まったのに美鈴《みすず》ちゃんはがまんできないのか、そのまま一時間目《いちじかんめ》の理科《りか》の授業《じゅぎょう》も、小《ちい》さな声《こえ》でぼくに話《はな》しかけ続《つづ》けていた。

「見《み》まちがいなんかじゃないよ！　わたし、はっきりと見《み》たんだから」

こうふんした美鈴《みすず》ちゃんの声《こえ》が大《おお》きくなる。ぼくはあわててくちびるの前《まえ》でひとさし指《ゆび》を立《た》てたけど、もうおそかった。

「美鈴《みすず》ちゃん、授業中《じゅぎょうちゅう》に私語《しご》はしないの。ちゃんと先生《せんせい》の授業《じゅぎょう》を聞《き》いてくれないと悲《かな》しいな」

真理子先生《まりこせんせい》にしかられた美鈴《みすず》ちゃんは、あわてて「聞《き》いていました！」と声《こえ》をあげた。

「ならよかった。じゃあ美鈴《みすず》ちゃんの知《し》っている外来種《がいらいしゅ》を答《こた》えてくれる？」

「が、がいらいしゅ？」

美鈴《みすず》ちゃんは助《たす》けを求《もと》めるように、キョロキョロとまわりを見《み》る。

「その地域《ちいき》にはすんでいなかったのに、遠《とお》くからやってきた生《い》き物《もの》のことだよ」

美鈴《みすず》ちゃんのうしろの席《せき》の辻堂天馬君《つじどうてんまくん》が、ささやいて助《たす》け船《ぶね》を出《だ》した。

「遠《とお》くからやってきた生《い》き物《もの》……、遠《とお》くからやってきた生《い》き物《もの》……」

美鈴《みすず》ちゃんは片手《かたて》を頭《あたま》に当《あ》てながらじゅもんのようにつぶやいたあと、はっとした顔《かお》になる。

「そうだ！　火星人《かせいじん》！」

自信満々《じしんまんまん》に答《こた》えた美鈴《みすず》ちゃんのうしろで、天馬君《てんまくん》が両手《りょうて》で頭《あたま》をかかえる。

真理子先生《まりこせんせい》はいっしゅんきょとんとしたあと、にっこりほほ笑《え》んだ。

「美鈴《みすず》ちゃんは火星人《かせいじん》を見《み》たことあるの？」

「み、見《み》たことはないけど、この前《まえ》お父《とう》さんといっしょに見《み》た映画《えいが》の中《なか》に出《で》てきて……」

美鈴《みすず》ちゃんは一転《いってん》して、自信《じしん》なさそうにゴニョゴニョと言《い》う。

「たしかに火星人《かせいじん》が地球《ちきゅう》に来《き》ていたら、外来種《がいらいしゅ》とよべるかもしれないわね。けれど、火星人《かせいじん》が本当《ほんとう》にいるかどうかはわからないわよね。それに、外来種《がいらいしゅ》っていうのは基本的《きほんてき》に、ほかの星《ほし》じゃなくて、ほかの国《くに》とか地域《ちいき》から

持《も》ちこまれた生《い》き物《もの》のことを指《さ》すの。たとえば……」

真理子先生《まりこせんせい》は少《すこ》しだけ言葉《ことば》を切《き》って、考《かんが》えこむようなしぐさを見《み》せる。

「有名《ゆうめい》なのはアメリカザリガニとかミドリガメ、ほかにはアライグマとかブラックバスとかかな。

みんなが大好《だいす》きなヘラクレスオオカブトみたいな外国産《がいこくさん》のカブトムシも、外来種《がいらいしゅ》ね。外来種《がいらいしゅ》がふえると、その地域《ちいき》に元々《もともと》すんでいた生《い》き物《もの》たちが生活《せいかつ》しづらくなったりしてこまるの」

「だったらつかまえればいいじゃん。おれ、

アメリカザリガニつかまえるの、すげーとくいだよ」

重田太一君《しげたたいちくん》がじまんげに声《こえ》をあげる。

「そうね。重田君《しげたくん》が言《い》うように、かんきょうを守《まも》るために外来種《がいらいしゅ》をつかまえるっていう活動《かつどう》も行《おこな》われている」

「つかまえた生《い》き物《もの》はだれかが飼《か》うんですか？」

早乙女《さおとめ》さんがしつもんすると、真理子先生《まりこせんせい》は少《すこ》しだけ悲《かな》しそうな顔《かお》になった。

「ううん、ほとんどの場合《ばあい》は駆除《くじょ》することになる」

「駆除《くじょ》って、ころしちゃうってことですか？」

早乙女《さおとめ》さんは両手《りょうて》で口元《くちもと》をおさえた。

「そう、かんきょうを守《まも》るためにはしかたないの。でも本当《ほんとう》ならそんなことしたくない。外来種《がいらいしゅ》っていうのは、ペットとして飼《か》われていた動物《どうぶつ》がすてられたりしてふえていくことも多《おお》いの。だから、みんな生《い》き物《もの》は大切《たいせつ》にしてあげてね。飼《か》うなら最後《さいご》までせきにんをもって飼《か》わないと」

「はい、わかりました！」

『密室《みっしつ》のウサギ小屋事件《ごやじけん》』のあと、学校《がっこう》で飼《か》われていたウサギのユキコを引《ひ》きとって育《そだ》てている鳥谷瑠香《しまたにるか》さんが、大《おお》きな声《こえ》で答《こた》える。ほかのクラスメートも「はーい」と元気《げんき》よく返事《へんじ》をした。

「みんな、いい返事《へんじ》ね」

真理子先生《まりこせんせい》はうれしそうにむねの前《まえ》で両手《りょうて》を合《あ》わせると、授業《じゅぎょう》にもどる。

「美鈴君《みすずくん》、池《いけ》の中《なか》の龍《りゅう》の話《はなし》は、いまはやめておこうよ。授業中《じゅぎょうちゅう》はちゃんと先《せん》生《せい》の話《はなし》を聞《き》かないと」

天馬君《てんまくん》にたしなめられた美鈴《みすず》ちゃんは、「……うん」と少《すこ》し不満《ふまん》そうにうなずいた。

「そもそも授業中《じゅぎょうちゅう》じゃ、くわしい話《はなし》が聞《き》けないからね。次《つぎ》の休《やす》み時間《じかん》に、何《なに》があったのかちゃんと教《おし》えて」

天馬君《てんまくん》の言葉《ことば》に、美鈴《みすず》ちゃんは目《め》を大《おお》きくする。

「え、天馬君《てんまくん》、池《いけ》の中《なか》の龍《りゅう》の話《はなし》を信《しん》じてくれるの？」

「そりゃあ、ミステリクラブの仲間《なかま》だからね。意味《いみ》なくウソをついたりしないことぐらい知《し》っているよ。陸君《りくくん》だって美鈴君《みすずくん》がウソをついているとは思《おも》っていないだろう？」

天馬君《てんまくん》に声《こえ》をかけられたぼくは、小《ちい》さくうなずく。

「美鈴《みすず》ちゃんがウソをついているとは思《おも》っていないけど、たぶん見《み》まちがいなんじゃ……」

「もし見《み》まちがいだとしても、美鈴君《みすずくん》が『龍《りゅう》みたいな何《なに》か』が池《いけ》の中《なか》にいるのを見《み》たのはたしかだよ。なんでそんなことが起《お》こったのか、いったいあの池《いけ》にどんなナゾがあるのか、ミステリクラブとしてはそれを解《と》き明《あ》かさないと」

探偵《たんてい》だましいに火《ひ》がついたのか、天馬君《てんまくん》はつくえの上《うえ》に置《お》いたこぶしをにぎりしめて、ほっぺを少《すこ》し赤《あか》くする。

「そうだそうだ。わたしたちミステリクラブなんだから、ナゾがあったら調《しら》べないと」

美鈴《みすず》ちゃんが調子《ちょうし》を合《あ》わせると、天馬君《てんまくん》はむねをはった。

「時間《じかん》をかけてじっくり調《しら》べたいから、昼《ひる》休《やす》みに給食《きゅうしょく》を食《た》べ終《お》わってから三人《さんにん》で池《いけ》に行《い》こう。『龍《りゅう》のすむ池事件《いけじけん》』のナゾをぼくたちミステリクラブで解《と》き明《あ》かすんだ！」

天馬君《てんまくん》が力強《ちからづよ》く宣言《せんげん》したとき、真理子《まりこ》先《せん》生《せい》がちょっとだけぼくたちを見《み》ながら両手《りょうて》をパンパンと鳴《な》らした。

「ほら、ミステリトリオの三人《さんにん》、私語《しご》をしないでちゃんと授業《じゅぎょう》を聞《き》きなさいってば」

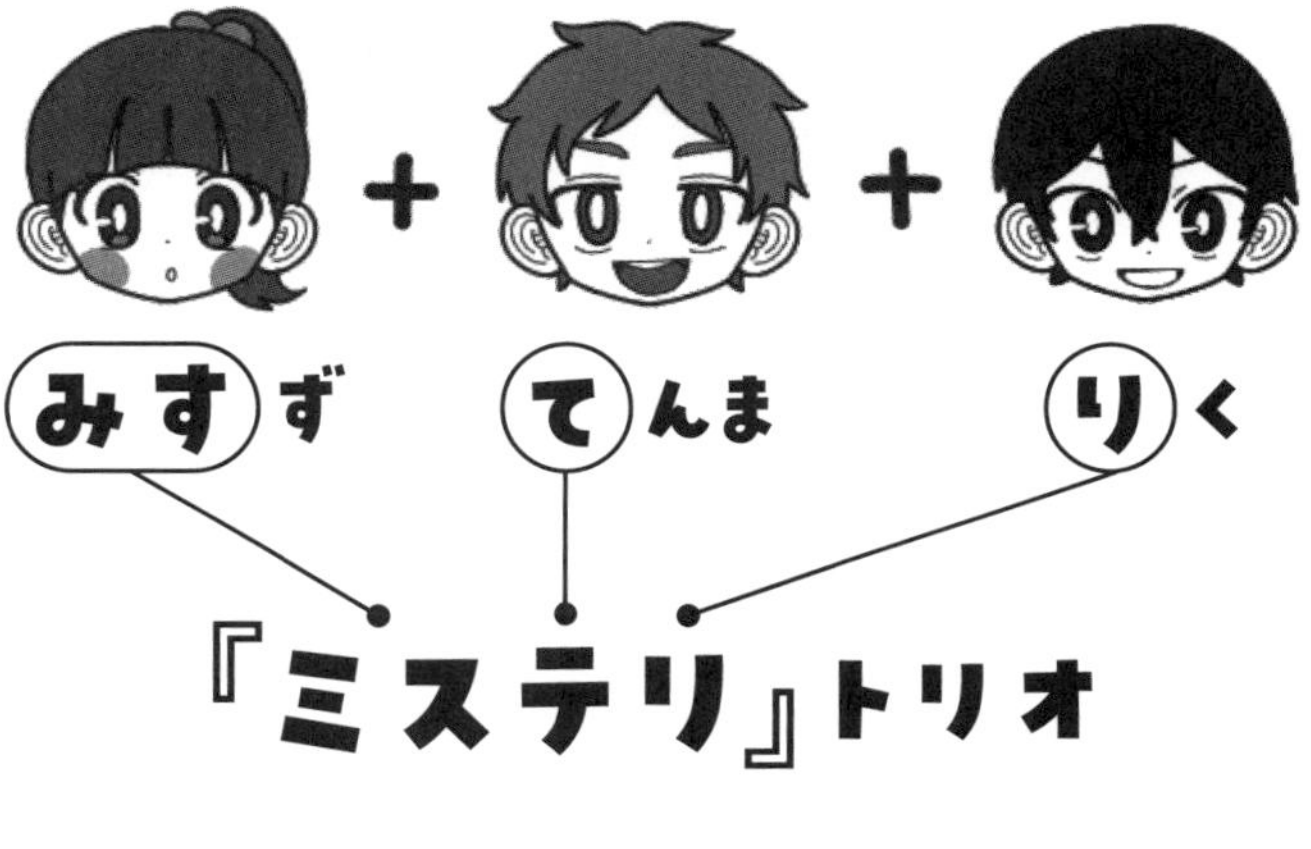

## 2 龍《りゅう》はどこに消《き》えた？

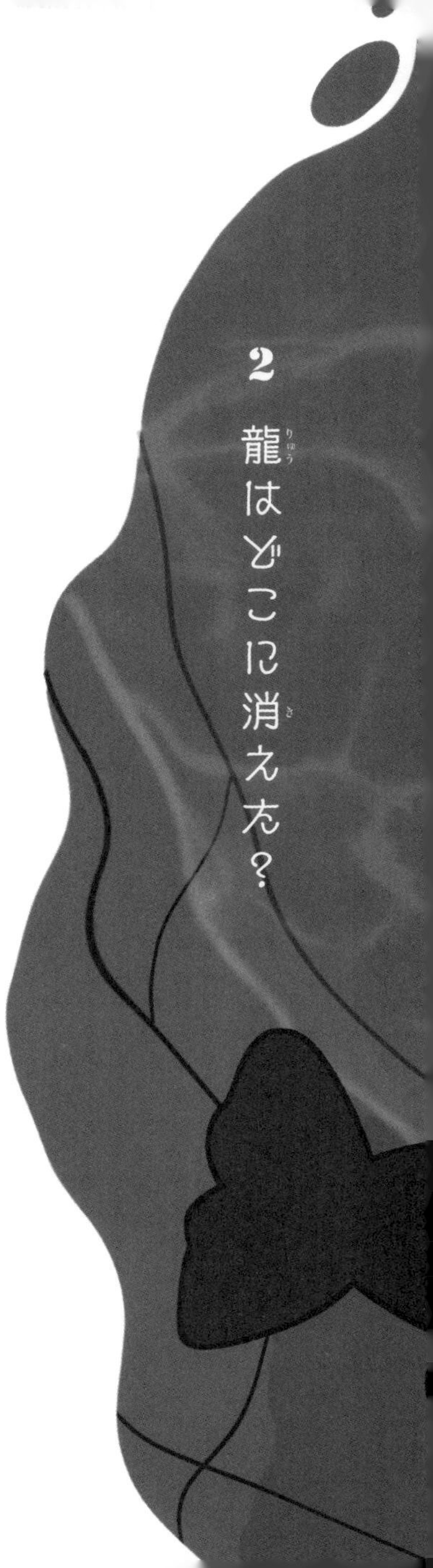

「あぶない、あぶないよ天馬《てんま》君《くん》。落《お》ちちゃうって」

レンガの上《うえ》に立《た》って、思《おも》いっきり身《み》を乗《の》りだして池《いけ》をのぞきこんでいる天馬《てんま》君《くん》の体《からだ》を必死《ひっし》にささえながら、ぼくは声《こえ》をはりあげる。

昼休《ひるやす》みに急《いそ》いで給食《きゅうしょく》を食《た》べたぼくたちは、美鈴《みすず》ちゃんが龍《りゅう》を見《み》たという池《いけ》までやってきた。

教室《きょうしつ》を飛《と》びだし、ここまで小走《こばし》りに進《すす》んできた天馬《てんま》君《くん》は、『龍《りゅう》のすむ池事件《いけじけん》』のナゾを早《はや》く解《と》きたくてうずうずしているのか、まようことなくぴょんと池《いけ》のまわりのレンガに飛《と》びのり、体《からだ》を前《まえ》にかたむけていた。

ふだんは落《お》ちついていて、小学四年生《しょうがくよねんせい》とは思《おも》えないぐらいおとなびている天《てん》馬君《まくん》だけれど、みりょく的《てき》な『ナゾ』を目《め》の前《まえ》にすると、まわりが見《み》えなくなる。今回《こんかい》もほうっておいたら顔《かお》から池《いけ》の中《なか》につっこみそうで、ぼくはずっとハラハラしながら、うしろから天馬君《てんまくん》のズボンをつかんでいた。

「うーん、金魚《きんぎょ》はいるけれど、龍《りゅう》は見《み》えないなぁ。美鈴君《みすずくん》、キミが見《み》た龍《りゅう》っていうのは、そこから見《み》えるかい？」

天馬君《てんまくん》は顔《かお》をあげると、池《いけ》の上《うえ》にはり出《だ》しているさくらのえだにまたがっている美鈴《みすず》ちゃんに声《こえ》をかける。

天馬君《てんまくん》と同《おな》じように、美鈴《みすず》ちゃんは教室《きょうしつ》を出《で》てからずっと急《いそ》いでここまでやってきて、まようことなく池《いけ》のそばに立《た》っているさくらの木《き》に向《む》かってジャンプして太《ふと》い木《き》のみきにしがみつくと、リスのように軽《かろ》やかにのぼって池《いけ》の真上《まうえ》にあるえだまで移動《いどう》していた。

「ううん、いまは見《み》えない」

美鈴《みすず》ちゃんは首《くび》を横《よこ》にふる。

「キミが龍《りゅう》を見《み》たときより水《みず》がにごっていて見《み》えにくいとか、そういうことかな」

天馬君《てんまくん》の言《い》うとおり、この池《いけ》の水《みず》は少《すこ》し緑色《みどりいろ》ににごっていて、底《そこ》のほうをはっきりと見《み》ることはできなかった。

「そうじゃないの」

美鈴《みすず》ちゃんはくやしそうに顔《かお》をしかめる。

「いまは晴《は》れているし風《かぜ》もないから、朝《あさ》よりよく見《み》えている。けれど……、龍《りゅう》は見《み》えない」

「なるほど、朝《あさ》はこの池《いけ》の底《そこ》にいたはずの龍《りゅう》が、いまはいないってことだね。そのあいだに龍《りゅう》はこの池《いけ》から出《で》ていったのか……、それとも池《いけ》の中《なか》にかくれる場所《ばしょ》があるのか……」

レンガのうえにせすじをのばして立《た》ち、口元《くちもと》に手《て》を当《あ》てながらひとりごとをつぶやき始《はじ》めた天馬君《てんまくん》を見《み》て、ぼくはため息《いき》をつく。

「やっぱり美鈴《みすず》ちゃんの見《み》まちがいだったんだよ。この池《いけ》って、ぼくたちが一年生《いちねんせい》のときに、先生《せんせい》たちが理科《りか》の観察用《かんさつよう》にってレンガを積《つ》んで作《つく》った新《あたら》しい池《いけ》だよ。深《ふか》さだってそんなにないしさ。龍《りゅう》なんているわけないよ」

「じゃあ、わたしが見《み》た龍《りゅう》はなんだったって言《い》うの？」

さくらのえだにまたがったまま、美鈴《みすず》ちゃんはほっぺをふくらませた。

「池《いけ》にしずんでいるかれたえだなんかに、藻《も》がまきついたりしたものじゃない？　ほら、あそこにそんな感《かん》じのものがあるよ」

ぼくは池《いけ》を指《ゆび》さす。

「美鈴《みすず》ちゃんがその龍《りゅう》を見《み》たのって、えだから飛《と》びおりるときのいっしゅんだけでしょ。『この池《いけ》に龍《りゅう》がいるかも』と思《おも》いこんでいたから、いっしゅん見《み》たそのえだが龍《りゅう》に見《み》えただけじゃないかな？」

「でも、本当《ほんとう》に龍《りゅう》がいたように見《み》えたんだもん……」

自信《じしん》がなくなってきたのか、美鈴《みすず》ちゃんは小声《こごえ》で言《い》う。そのとき、ずっとひとりごとをつぶやいていた天馬君《てんまくん》が、神社《じんじゃ》でかしわ手《で》を打《う》つかのように両手《りょうて》を合《あ》わせた。パンッという小気味《こきみ》いい音《おと》がひびく。

「たしかに、人間《にんげん》の脳《のう》っていうのは、なんでもないものに勝手《かって》に意味《いみ》を持《も》たせてさっかくを起《お》こしやすい。しだれたヤナギの木《き》がゆうれいに見《み》えたりね」

「じゃあ、やっぱりわたしの気《き》のせいだったってこと？」

悲《かな》しそうに美鈴《みすず》ちゃんがうなだれると、天馬君《てんまくん》は「そんなことないよ」と両《りょう》手《て》を広《ひろ》げた。

「見《み》まちがいの可能性《かのうせい》もあるということさ。逆《ぎゃく》に、本当《ほんとう》に池《いけ》の中《なか》に龍《りゅう》がいたという可能性《かのうせい》も、いまの時点《じてん》ではじゅうぶんにあるよ」

「本物《ほんもの》の龍《りゅう》がいたなんて、常識的《じょうしきてき》にありえないと思《おも》うんだけど……」

ぼそりと言《い》ったぼくの鼻先《はなさき》に、天馬君《てんまくん》はひとさし指《ゆび》をつきつける。

「常識《じょうしき》なんていうものにしばられていたら、名探偵《めいたんてい》にはなれないよ。シャーロック・ホームズもこう言《い》っているじゃないか。『不可能《ふかのう》を消《け》し去《さ》って、最後《さいご》に残《のこ》ったものが、どれだけ奇妙《きみょう》であっても真実《しんじつ》である』ってね」

大好《だいす》きな名探偵《めいたんてい》のセリフを、天馬君《てんまくん》は高《たか》らかに口《くち》にする。

「わ、わかったよ。でも、どうやって美鈴《みすず》ちゃんの見《み》まちがいだったか、それとも本当《ほんとう》に龍《りゅう》がいたのか調《しら》べるの？」

ぼくがしつもんすると、天馬君《てんまくん》は顔《かお》の横《よこ》でひとさし指《ゆび》を立《た》てた。

「そんなのかんたんだよ。まずは……」

天馬君《てんまくん》がそこまで言《い》ったとき、うしろから足音《あしおと》が聞《き》こえてきた。ふり返《かえ》ると、メガネをかけた小《ちい》さな男《おとこ》の子《こ》が急《いそ》ぎ気味《ぎみ》に近《ちか》づいてきていた。『雪《ゆき》のミステリーサークル事件《じけん》』のときに、雪《ゆき》で作《つく》ったかまくらの中《なか》で、いっしょにおもちをやいて食《た》べた種田空良君《たねだそらくん》だ。

「ああ、空良君《そらくん》、いいところに来《き》た。キミを待《ま》っていたんだよ」

レンガの上《うえ》に立《た》ったままの天馬君《てんまくん》に声《こえ》をかけられ、空良君《そらくん》はとまどった顔《かお》になる。

「え、ぼくを待《ま》っていたって、どういう意味《いみ》？」

「そのままの意味《いみ》だよ。キミはこの池《いけ》にいる龍《りゅう》を確認《かくにん》しに来《き》たんだろ？」

天馬君《てんまくん》にたずねられた空良君《そらくん》は、ためらいがちにうなずいた。

「金魚当番《きんぎょとうばん》だったキミは今日《きょう》の朝《あさ》、金魚《きんぎょ》にエサをあげていたとき、この池《いけ》に龍《りゅう》がいることに気《き》づき、みんなをよんだ。そして、集《あつ》まった中《なか》で美鈴君《みすずくん》だけがその龍《りゅう》を見《み》た。つまり、キミと美鈴君《みすずくん》はこの『龍《りゅう》のすむ池事件《いけじけん》』の、たったふたりだけの『目《もく》げき者《しゃ》』だということだ」

「あっ、もしかして美鈴《みすず》ちゃんと空良君《そらくん》が見《み》た龍《りゅう》が……」

ぼくが声《こえ》をあげると、天馬君《てんまくん》は「そのとおり」と指《ゆび》を鳴《な》らした。

「ふたりが見《み》た龍《りゅう》のすがたが同《おな》じなら、藻《も》がまきついたえだを見《み》まちがえたということは考《かんが》えにくくなる」

上《じょう》きげんに説明《せつめい》しながらレンガからおりた天馬君《てんまくん》は、空良君《そらくん》に近《ちか》づくと、にっこりと笑《え》みをうかべる。

「それじゃあ空良君《そらくん》、教《おし》えてくれるかな。キミの見《み》た龍《りゅう》っていうのは、どんな感《かん》じだった？」

ぐいぐいせまってくる天馬君《てんまくん》にあっとうされて軽《かる》くのけぞった空良君《そらくん》は、「えーと……」と、今日《きょう》の朝《あさ》のことを思《おも》いだしているのか空中《くうちゅう》を見《み》つめる。

「あのね、大《おお》きなヘビみたいな体《からだ》をしていて、にゅってとがった口《くち》を大《おお》きく開《あ》けていたの。キバがあって、二本《にほん》のひげもあって。それでね、あと、首《くび》のまわりにマフラーみたいにいっぱい毛《け》が生《は》えていたの」

ぼくと天馬君《てんまくん》は、顔《かお》を見合《みあ》わせる。

空良君《そらくん》がいっしょうけんめい説明《せつめい》した龍《りゅう》のすがたは、美鈴《みすず》ちゃんから聞《き》いていたとくちょうと、ほとんどいっしょだった。

「ほら、やっぱり見《み》まちがいなんかじゃなかった」

勝《か》ちほこるように言《い》った美鈴《みすず》ちゃんは、さくらのえだから飛《と》びおりると、空《くう》中《ちゅう》でくるくると三回転《さんかいてん》してから着地《ちゃくち》して、むねをはった。

「やっぱり、この池《いけ》には龍《りゅう》がいたんだよ」

「どうやら、そうみたいだね。さて、ではどういうことになるのかな……」

天馬君《てんまくん》がうでを組《く》んで考《かんが》えこみはじめたとき、五《ご》メートルくらいはなれた校《こう》舎《しゃ》のまどが開《あ》いて、真理子先生《まりこせんせい》が顔《かお》を出《だ》した。

「ああ、ちょうどよかった。ミステリクラブのみんな、そこにいたんだ。ちょっと相談《そうだん》したいことがあるの。職員室《しょくいんしつ》まで来《き》てくれない？」

どうやら、そのまどの中《なか》が職員室《しょくいんしつ》のようだ。

「えー、いまですか？」

いままさに、『龍《りゅう》のすむ池事件《いけじけん》』のナゾにいどもうとしていた天馬君《てんまくん》は、くちびるを「へ」の字《じ》にゆがめた。

「そう、いま。こまっているの。だからお願《ねが》い」

両手《りょうて》を合《あ》わせる真理子先生《まりこせんせい》を見《み》て、天馬君《てんまくん》は「わかりました」とため息《いき》をつく。

真理子先生《まりこせんせい》は、ぼくたち三人《さんにん》が所属《しょぞく》しているミステリクラブの顧問《こもん》をしてくれている。それぞれの事情《じじょう》で放課後《ほうかご》に学校《がっこう》に残《のこ》らなくてはならないぼくたちに、ミステリクラブの部室《ぶしつ》という居場所《いばしょ》をくれた恩人《おんじん》である真理子《まりこ》先生《せんせい》のお願《ねが》いとなれば、天馬君《てんまくん》もことわるわけにはいかなかった。

うしろがみを引《ひ》かれるようすでちらちらとふり返《かえ》る天馬君《てんまくん》を連《つ》れて、ぼくたちは校舎《こうしゃ》の中《なか》にもどって、職員室《しょくいんしつ》の前《まえ》まで行《い》った。

「失礼《しつれい》しまーす」

声《こえ》をそろえて言《い》いながら、ぼくが引《ひ》き戸《ど》を開《あ》ける。もうすぐ昼休《ひるやす》みも終《お》わる時間《じかん》なので、職員室《しょくいんしつ》に残《のこ》っている先生《せんせい》は少《すく》なかった。

「こっちこっち。ごめんね、お昼休《ひるやす》みに」

まどぎわにあるつくえにいる真理子先生《まりこせんせい》が手《て》まねきをする。

「何《なに》があったんですか？　何《なに》か事件《じけん》ですか？」

天馬君《てんまくん》は早口《はやくち》で言《い》った。たぶん、早《はや》く『龍《りゅう》のすむ池事件《いけじけん》』のナゾにいどみたくてうずうずしているんだろう。

「そう、実《じつ》はここで盗難《とうなん》があったみたいで……」

声《こえ》をひそめて真理子先生《まりこせんせい》が言《い》う。

「え、盗難《とうなん》って、ドロボウが出《で》たってこと⁉」

美鈴《みすず》ちゃんが大《おお》きな声《こえ》を出《だ》す。ほかの先生《せんせい》たちの目《め》がこっちを向《む》いた。

「美鈴《みすず》ちゃん、もっと声《こえ》をおさえて。そんなたいしたことじゃないんだから。そもそも、本当《ほんとう》にぬすまれたのかもわからないし、ふしぎな事件《じけん》なの」

真理子先生《まりこせんせい》はむねの前《まえ》で両《りょう》手《て》をふる。

「職員室《しょくいんしつ》にドロボウが出《で》るって、『たいしたこと』じゃないんですか？　何《なに》がぬすまれたんですか？　お金《かね》とかですか？」

大《おお》きな事件《じけん》のにおいを感《かん》じてやる気《き》が出《で》たのか、天馬君《てんまくん》が前《まえ》のめりになる。

「ううん、おかしよ」

「……おかし？」

天馬君《てんまくん》は目《め》をぱちぱちさせて聞《き》きかえした。

「そう、先生《せんせい》たちがつくえの上《うえ》に置《お》いていたおかしがなくなるってことが、最近《さいきん》よく起《お》こるの。わたしもこの前《まえ》、ここに置《お》いていたアメ玉《だま》がなくなっていたし」

真理子先生《まりこせんせい》は自分《じぶん》のつくえを指《ゆび》さした。

「それって、つまみ食《ぐ》いをしている犯人《はんにん》をぼくたちに見《み》つけろっていう依頼《いらい》ですか？　それのどこが『ふしぎな事件《じけん》』なんですか？」

天馬君《てんまくん》はつまらなそうに言《い》う。

「たんにおかしがなくなっただけじゃないの。だれも入《はい》れないはずのこの職《しょく》員室《いんしつ》で、おかしが消《き》えているのよ」

「だれも入《はい》れないはずの？」

天馬君《てんまくん》の声《こえ》が低《ひく》くなる。完全《かんぜん》に消《き》えていたきょうみが、少《すこ》しだけまたわきあがってきたみたいだ。

「くわしく説明《せつめい》してください」

天馬君《てんまくん》に見《み》つめられた真理子先生《まりこせんせい》は、ゆっくりと口《くち》を開《ひら》いた。

「おかしがなくなるのはいつも夜《よる》なの。帰《かえ》るときにつくえの上《うえ》に置《お》いていたおかしが、朝《あさ》に学校《がっこう》に来《く》ると消《き》えているのよ。わたしだけじゃなくていろいろな先生《せんせい》のつくえからおかしが消《き》えているの」

「えー、先生《せんせい》たちって、職員室《しょくいんしつ》でおかしとか食《た》べてるんだ。いいなー。わたしたちは教室《きょうしつ》でおかし食《た》べちゃダメなのに」

天馬君《てんまくん》と同《おな》じように、『龍《りゅう》のすむ池事件《いけじけん》』のナゾについて調《しら》べられなくなっていることが不満《ふまん》なのか、美鈴《みすず》ちゃんがつまらなそうに頭《あたま》のうしろで両手《りょうて》を組《く》んだ。

「美鈴《みすず》ちゃん、先生《せんせい》の仕事《しごと》ってすごく大変《たいへん》なのよ。わかりやすい授業《じゅぎょう》をするためにいろいろと準備《じゅんび》したり、みんなのテストの採点《さいてん》をしたり、成績表《せいせきひょう》を書《か》いたり、とってもつかれるの」

真理子先生《まりこせんせい》は自分《じぶん》のかたをもむようなしぐさをする。

「だからね、そのつかれをとるために、あまいものを少《すこ》し食《た》べたくなっちゃうのよ。それに、みんなだってミステリクラブの部室《ぶしつ》で、放課後《ほうかご》によく家《いえ》から持《も》ってきたおかしを食《た》べているでしょ。先生《せんせい》、知《し》っているんだからね」

いたずらっぽく真理子先生《まりこせんせい》に言《い》われて、ぼくたちは首《くび》をすくめた。

「そ、そんなことより、『だれも入《はい》れないはずの職員室《しょくいんしつ》』っていうのはどういう意味《いみ》ですか？」

ないしょでおかしを持《も》ちこんでいることをごまかすように、天馬君《てんまくん》があわてて話題《わだい》をそらす。

「そのままの意味《いみ》よ。夜《よる》はこの職員室《しょくいんしつ》にはだれも入《はい》れないの。夜《よる》の七時《しちじ》になったら職員室《しょくいんしつ》の出入《でい》り口《ぐち》にはカギがかけられる。そして次《つぎ》の日《ひ》の朝七時《あさしちじ》に、用務員《ようむいん》さんがカギを開《あ》けてくれるの」

「つまり夜《よる》のあいだ、この職員室《しょくいんしつ》は『密室《みっしつ》』になっているってことですか⁉

その密室《みっしつ》でおかしが消《き》えたんですね！」

天馬君《てんまくん》は両手《りょうて》のこぶしをにぎりしめる。

『密室《みっしつ》』というのは、だれも出入《でい》りできない部屋《へや》のことだ。そのだれも出入《ではい》りできない部屋《へや》で事件《じけん》が起《お》こり、犯人《はんにん》が消《き》えているという『密室《みっしつ》のナゾ』がミステリ小説《しょうせつ》にはよく出《で》てきて、天馬君《てんまくん》はそれを読《よ》むのが大好《だいす》きだった。

「『モルグ街《がい》の殺人《さつじん》』からいままで、ミステリ小説《しょうせつ》の王道《おうどう》でありつづける『密室《みっしつ》』！　夏《なつ》に起《お》こった『密室《みっしつ》のウサギ小屋事件《ごやじけん》』に続《つづ》いて、また密室《みっしつ》のナゾにいどめるなんて、ぼくはなんて幸《しあわ》せな名探偵《めいたんてい》なんだ」

よほどうれしかったのか、天馬君《てんまくん》は歌《うた》うように言《い》いながら、両手《りょうて》を大《おお》きく広《ひろ》げた。

「『モルグ街《がい》の殺人《さつじん》』ってなんだっけ？　聞《き》いたことある気《き》がするんだけど……」

ぼくがつぶやくと天馬君《てんまくん》はあきれ顔《がお》になる。

「何《なに》を言《い》っているんだい、陸君《りくくん》。世界《せかい》で最初《さいしょ》のミステリ小説《しょうせつ》だよ。何度《なんど》も言《い》っているじゃないか」

「あ、ああ、そういえば聞《き》いた気《き》も……」

ぼくはあいまいにうなずく。

「『モルグ街《がい》の殺人《さつじん》』は一八四一年《せんはっぴゃくよんじゅういちねん》、エドガー・アラン・ポーが発表《はっぴょう》した短編小説《たんぺんしょうせつ》だよ。モルグ街《がい》のアパートメントの四階《よんかい》の部屋《へや》で、殺人事件《さつじんじけん》が起《お》こる。けれど部屋《へや》のドアにはカギがかかっていて、だれも出入《ではい》りできないはずの状態《じょうたい》だったんだ。探偵《たんてい》のオーギュスト・デュパンが登場《とうじょう》し、その不可思議《ふかしぎ》なナゾにいどむんだよ。名探偵《めいたんてい》の行動《こうどう》を相棒《あいぼう》が語《かた》り手《て》となって書《か》きしるし、そして物語《ものがたり》の最後《さいご》に意外《いがい》な真相《しんそう》がひろうされるという構造《こうぞう》は、その後《ご》に続《つづ》くシャーロック・ホームズのシリーズにも受《う》けつがれていて、まさにミステリ小説《しょうせつ》の原型《げんけい》そのものだね」

天馬君《てんまくん》は、ほっぺを赤《あか》くしながら早口《はやくち》で言《い》う。

イギリスで育《そだ》って、日本語《にほんご》は日本《にほん》のミステリ小説《しょうせつ》を読《よ》んで勉強《べんきょう》した天馬君《てんまくん》は、おとなみたいなむずかしい言葉《ことば》を使《つか》うことが多《おお》いけれど、いつもはゆっくりと、ぼくたちにもわかりやすく話《はな》してくれる。けれど大好《だいす》きなミステリ小説《しょうせつ》の話《はなし》をするときだけは、いまみたいにほとんど息《いき》つぎしないくらいのスピードでまくしたてるので、何《なに》を言《い》っているのかよくわからないことがあった。

「へー、おもしろそう。それで、犯人《はんにん》はだれなの?」

美鈴《みすず》ちゃんがたずねると、天馬君《てんまくん》は顔《かお》の前《まえ》でひとさし指《ゆび》を左右《さゆう》にふりながら、チッチッと舌《した》を鳴《な》らす。

「ミステリ小説《しょうせつ》のネタバレをするなんて、ぼくにできるはずがないじゃないか。真相《しんそう》が知《し》りたいなら、美鈴君《みすずくん》も『モルグ街《がい》の殺人《さつじん》』を読《よ》みなよ。短編《たんぺん》だから、すぐに読《よ》めるよ。部室《ぶしつ》の本《ほん》だなにあるから、あとで貸《か》してあげるよ。読《よ》み終《お》わったらぜひ感想《かんそう》を……。密室《みっしつ》ものだとほかに『46番目《ばんめ》の密室《みっしつ》』なんかもおすすめだよ」

ぐいぐいとせまってくる天馬君《てんまくん》にあっとうされた美鈴《みすず》ちゃんが「か、考《かんが》えとくね」とのけぞったとき、真理子先生《まりこせんせい》がぱんぱんと手《て》を打《う》ちならした。

「ほら、いつのまにか話《はなし》がだっせんしているわよ。いまはモルグ街《がい》のアパートじゃなくて、この職員室《しょくいんしつ》の密室《みっしつ》について話《はな》しあってちょうだい」

「ああ、そうでした。すみません、ちょっと夢中《むちゅう》になっちゃって」

天馬君《てんまくん》は照《て》れくさそうに頭《あたま》をかくと、表情《ひょうじょう》を引《ひ》きしめた。

「それじゃあ、あらためて話《はなし》を聞《き》かせてください。この職員室《しょくいんしつ》の出入《でい》り口《ぐち》にカギがかけられて、だれも出入《ではい》りできない状態《じょうたい》のはずのときに、おかしがぬすまれているんですね」

「うん、そうなの。昨日《きのう》、わたしはテストの採点《さいてん》で夜《よる》の七時《しちじ》ギリギリまで職《しょく》員室《いんしつ》にいて、用務員《ようむいん》さんに『もうカギをしめますよ』って声《こえ》をかけられて帰《かえ》った。そして今日《きょう》の朝七時《あさしちじ》ちょうどに学校《がっこう》に来《き》て、用務員《ようむいん》さんがカギを開《あ》けてすぐに、ここに入《はい》って自分《じぶん》のつくえに来《き》たら、昨日《きのう》置《お》いていったはずのアメ玉《だま》がなくなっていたの」

真理子先生《まりこせんせい》の説明《せつめい》を聞《き》いた天馬君《てんまくん》は、「なるほど……」とあごをなでる。

「昨日帰《きのうかえ》るとき、用務員《ようむいん》さんが職員室《しょくいんしつ》のドアにカギをかけるのはちゃんと見《み》ましたか？」

「うん、はっきりと見《み》た。カチャンっていう、カギがかかる音《おと》も聞《き》いたし」

「そのとき職員室《しょくいんしつ》に残《のこ》っていた先生《せんせい》は、真理子先生《まりこせんせい》だけでしたか？」

「ううん。六年《ろくねん》の担任《たんにん》の皆川先生《みながわせんせい》もまだ仕事《しごと》をしていた。けど、わたしといっしょに職員室《しょくいんしつ》から出《で》たわよ。カギをしめるとき、用務員《ようむいん》さんが中《なか》に残《のこ》った人《ひと》

がいないか、しっかりと確認《かくにん》したけれど、わたしたちのほかにはだれもいなかった」

「そうですか……。でもこの職員室《しょくいんしつ》にはつくえがいっぱいあって死角《しかく》が多《おお》い。かくれようと思《おも》えばできますよね」

天馬君《てんまくん》は職員室《しょくいんしつ》の中《なか》をぐるりと見《み》まわすと、次《つぎ》のしつもんを口《くち》にする。

「用務員《ようむいん》さんが持《も》っている以外《いがい》に、この職員室《しょくいんしつ》のカギはありますか？　だれかがだまって合《あい》カギを作《つく》っていたとかいうことは？」

「用務員室《ようむいんしつ》にスペアキーがひとつあるけれど、そのほかにはないはずよ。この学校《がっこう》のカギは防犯上《ぼうはんじょう》の理由《りゆう》で、合《あい》カギを作《つく》るのに特別《とくべつ》なきょかが必要《ひつよう》になっているはずだし」

「ということは、だれかが無断《むだん》で合《あい》カギを作《つく》って夜《よる》にしんにゅうしているという可能性《かのうせい》は低《ひく》いですね。だとすると……」

天馬君《てんまくん》は口元《くちもと》に手《て》を当《あ》てると、急《きゅう》にまわれ右《みぎ》をして出入《でい》り口《ぐち》へと向《む》かう。ぼくと美鈴《みすず》ちゃん、そして真理子先生《まりこせんせい》は顔《かお》を見合《みあ》わせて、天馬君《てんまくん》のあとを追《お》った。

「天馬君《てんまくん》、どうしたの？」

出入《でい》り口《ぐち》のとびらの前《まえ》まで移動《いどう》してそれを開《あ》けた天馬君《てんまくん》に、真理子先生《まりこせんせい》が声《こえ》をかける。天馬君《てんまくん》は「ちょっと待《ま》ってくださいね」と言《い》うと、ポケットから小《ちい》さな虫《むし》メガネをとりだして、カギあなを調《しら》べはじめる。

「カギあなのまわりに傷《きず》はないですね。針金《はりがね》とかを使《つか》って無理《むり》やり開《あ》けたのではなさそうです」

天馬君《てんまくん》はつぶやきながらとびらをしめると、今度《こんど》はかべやゆかと引《ひ》き戸《ど》のすきまを虫《むし》メガネを使《つか》って調《しら》べはじめる。

「うーん、すきまもほとんどないなあ。ドアノブもないから糸《いと》をひっかけて、外《そと》から閉《し》めるというトリックもむずかしいだろうな」

「ええ!?　そんなこと考《かんが》えていたの？」

真理子先生《まりこせんせい》がおどろきの声《こえ》をあげると、天馬君《てんまくん》は「もちろんですよ」と虫《むし》メガネをズボンのポケットにもどしながら答《こた》えた。

「外《そと》から糸《いと》とか針金《はりがね》とかの道具《どうぐ》を使《つか》ってカギをかけるっていうトリックは、密室《みっしつ》ミステリではよくあるんです。『物理《ぶつり》トリック』ってやつですね」

「でも、それじゃなかったってことなのよね。なら、ほかにどんなことが考《かんが》えられるの？」

真理子先生《まりこせんせい》の問《と》いに、天馬君《てんまくん》は口元《くちもと》に手《て》を当《あ》てて考《かんが》えこむ。

「うーん、一番単純《いちばんたんじゅん》なのは、用務員《ようむいん》さんが犯人《はんにん》だっていうケースですね。カギを持《も》っているんだから出入《ではい》りはかんたんにできるはずだ」

「ううん、それはちがう」

首《くび》を横《よこ》にふった真理子先生《まりこせんせい》に、天馬君《てんまくん》は「どうしてですか？」とたずねる。

「用務員《ようむいん》さんがお休《やす》みの日《ひ》は、かわりに教頭先生《きょうとうせんせい》がカギを受《う》けとって職員室《しょくいんしつ》の開《あ》けしめをすることになっているの。そして、教頭先生《きょうとうせんせい》がカギを持《も》っている日《ひ》の夜《よる》でも、職員室《しょくいんしつ》からおかしがぬすまれる事件《じけん》は起《お》こっているの」

「たしかにそれだと、用務員《ようむいん》さんが犯人《はんにん》ってことはなさそうですね。これはなかなかの難事件《なんじけん》かもしれない」

天馬君《てんまくん》はうれしそうに、くちびるの両《りょう》はじをあげた。

「でしょ、だからこまっているのよ。早《はや》く解決《かいけつ》しないと大変《たいへん》なことになるかもしれないから、あなたたちミステリクラブに相談《そうだん》したの」

「え、ぬすまれているのっておかしだけなんだよね？　なんで急《いそ》いで解決《かいけつ》しないといけないの？」

美鈴《みすず》ちゃんが小首《こくび》をかしげると、真理子先生《まりこせんせい》は鼻《はな》のつけねにしわをよせた。

「ぬすまれたおかしを学校《がっこう》の児童《じどう》が食《た》べていた場合《ばあい》、あぶないことになるかもしれないの。ナッツみたいに小《ちい》さな子《こ》どもがのどにつまらせたり、児童《じどう》によってはアレルギーを持《も》っているものが入《はい》っていたりするおかしもあるし」

「たしかに、おかしをぬすんでいる犯人《はんにん》が小《ちい》さな子《こ》だったらあぶないですよね。この『密室《みっしつ》の職員室事件《しょくいんしつじけん》』のナゾを早《はや》く解決《かいけつ》しないと」

真剣《しんけん》な表情《ひょうじょう》になった天馬君《てんまくん》はうでを組《く》むと、きょろきょろとまわりを見《み》まわしながら職員室《しょくいんしつ》を歩《ある》きまわる。たぶんナゾを解《と》くための手《て》がかりをさがしているのだろう。

「まどのカギはクレセント錠《じょう》か……。うーん、かなりしっかりしたつくりだね。しかも子《こ》どもがいたずらで開《あ》けられないようなロックがついている。これを外《そと》から開《あ》け閉《し》めするのもやっぱりむずかしいだろうな」

そんなことをつぶやきながらまどのそばを歩《ある》いていた天馬君《てんまくん》が、「あれ？」と声《こえ》をあげて足《あし》を止《と》める。

「真理子先生《まりこせんせい》、この足元《あしもと》にある小《ちい》さなまどはなんですか？」

しゃがみこんだ天馬君《てんまくん》は、ゆかに近《ちか》い位置《いち》にあるかべを指《ゆび》さす。そこには小《ちい》さなくもりガラスのまどが開《あ》いていた。

「ああ、それは換気用《かんきよう》のまどよ。寒《さむ》い日《ひ》だからって全部《ぜんぶ》のまどをしめきっていたら、空気《くうき》がこもっちゃうからね。冬《ふゆ》はインフルエンザとかかぜがはやる季《き》節《せつ》だから、そのまどだけは開《あ》けて空気《くうき》を入《い》れかえるようにしているの」

「夜中《よなか》はこのまどもカギを閉《し》めているんですか?」

天馬君《てんまくん》のしつもんに、真理子先生《まりこせんせい》は首《くび》を横《よこ》にふった。

「いいえ、夜中《よなか》も換気《かんき》はしておきたいから、開《あ》けっぱなしにしていることが多《おお》いかな」

「開《あ》けっぱなし……。つまり、この職員室《しょくいんしつ》は完全《かんぜん》な密室《みっしつ》ではなかった……」

小《ちい》さな換気用《かんきよう》のまどを見《み》つめたまま、天馬君《てんまくん》はぶつぶつつぶやく。

「もしかして天馬君《てんまくん》、このまどから犯人《はんにん》が入《はい》りこんだと思《おも》ってるの? 無理《むり》だって、わたしだって頭《あたま》を入《い》れるのがギリギリだもん」

四《よ》つんばいになった美鈴《みすず》ちゃんが、開《あ》いたまどに頭《あたま》をつっこむ。美鈴《みすず》ちゃんの言《い》うとおり、かたが引《ひ》っかかってとても外《そと》に出《で》られそうになかった。

「四年生《よねんせい》のぼくたちは無理《むり》だろうけど、もっと小《ちい》さい子《こ》ならどうだろう? 試《ため》してみないと」

むずかしい顔《かお》で考《かんが》えこんでいた天馬君《てんまくん》は、はっとした表情《ひょうじょう》をうかべると、立《た》ちあがって上《うえ》にある大《おお》きなまどを開《あ》ける。

さっき真理子先生《まりこせんせい》が、ぼくたちをよぶために開《あ》けたまどだった。外《そと》ではまだ空良君《そらくん》が池《いけ》のそばに立《た》っている。

「空良君《そらくん》、ちょっといいかな」

天馬君《てんまくん》によばれた空良君《そらくん》はふり返《かえ》って、こっちに近《ちか》づいてくる。

「なあに？」

「事件《じけん》の捜査《そうさ》の手伝《てつだ》いをしてほしいんだ。下《した》にある小《ちい》さなまどから中《なか》に入《はい》ってこれるかな」

天馬君《てんまくん》はまどわくから身《み》を乗《の》りだすと、美鈴《みすず》ちゃんが顔《かお》を出《だ》している換気用《かんきよう》の小《こ》まどを指《ゆび》さした。

「うーん、ちょっとやってみるね」

空良君《そらくん》はすなおにうなずくと、美鈴《みすず》ちゃんが顔《かお》を引《ひ》っこめた小《こ》まどに、かわ

りに外側《そとがわ》から頭《あたま》を入《い》れる。

「だめ、小《ちい》さすぎるよ。入《はい》れない。体《からだ》がひっかかっちゃう」

小《こ》まどからのぞかせた顔《かお》を、空良君《そらくん》は横《よこ》にふる。

「ありがとう、空良君《そらくん》。助《たす》かったよ」

空良君《そらくん》に声《こえ》をかけると、天馬君《てんまくん》はまたうでを組《く》んで考《かんが》えこみはじめた。

「一年生《いちねんせい》のなかでも小柄《こがら》なほうの空良君《そらくん》が無理《むり》ということは、ここから入《はい》ってこれる子《こ》はうちの学校《がっこう》にはいないだろうね。犯人《はんにん》がここからしんにゅうして、おかしをぬすんでいったわけじゃないのか……。なら、ここから長《なが》いぼうなどを使《つか》っておかしをとったとか……。いや、それはさすがにむずかしいか……」

天馬君《てんまくん》がむずかしい顔《かお》でひとりごとを言《い》っていると、天井《てんじょう》についているスピーカーから、チャイムが鳴《な》りひびいた。

「ああ、予鈴《よれい》だ。もう昼休《ひるやす》み終《お》わっちゃった。まだ池《いけ》を全然《ぜんぜん》調《しら》べられていないのに」

美鈴《みすず》ちゃんは不満《ふまん》そうにほっぺたをふくらませた。

「ごめんね、三人《さんにん》とも。せっかくの昼休《ひるやす》みに、事件《じけん》の相談《そうだん》なんかして。なやんでいたときにあなたたちのすがたが見《み》えたから、思《おも》わず相談《そうだん》しちゃったの。もし何《なに》かわかったら教《おし》えてちょうだい。それじゃあ教室《きょうしつ》に行《い》って、五時間目《ごじかんめ》の授業《じゅぎょう》の準備《じゅんび》をしてね」

ぼくと美鈴《みすず》ちゃんが「はーい」と返事《へんじ》をするそばで、天馬君《てんまくん》はまだひとりでぶつぶつとつぶやき続《つづ》けていた。

# 3 部《ぶ》室《しつ》で作《さく》戦《せん》会《かい》議《ぎ》

「うーん、外《そと》からとびらとかまどにカギをかけるのがむずかしいとなると、職《しょく》員《いん》室《しつ》のどこかにひみつのぬけあながあるとか……」

いすにこしかけ、カウンターテーブルとよばれる細《ほそ》長《なが》いつくえに両《りょう》ひじをつきながら、天《てん》馬《ま》君《くん》がつぶやき続《つづ》ける。

放《ほう》課《か》後《ご》、ぼくは天《てん》馬《ま》君《くん》、美《み》鈴《すず》ちゃんといっしょに、校《こう》舎《しゃ》の四《よん》階《かい》のすみにあるミステリクラブの部《ぶ》室《しつ》にいた。この部《ぶ》室《しつ》はもともと倉《そう》庫《こ》だったところをきれいにそうじしたあと、ぼくたち三《さん》人《にん》がそれぞれ好《す》きなものを持《も》ちこんで作《つく》った部《へ》屋《や》だった。

いま天《てん》馬《ま》君《くん》がすわっている足《あし》がつかないくらい高《たか》いいすや、カウンターテーブルは、バーというおとながお酒《さけ》を飲《の》むお店《みせ》をやっているぼくのしんせきのおじさんがくれたものだ。おじさんはお店《みせ》を新《あたら》しくするときに、いらなくなったからと前《まえ》のお店《みせ》にあったものをいろいろとこの部室《ぶしつ》に運《はこ》びこんでくれた。テーブルといす以外《いがい》にも、コインを入《い》れると中《なか》に入《はい》っているレコードがセットされて音楽《おんがく》が流《なが》れだすジュークボックスという機械《きかい》も、おじさんからもらったものだった。いまは『TAKE《テイク》 FIVE《ファイブ》』というジャズミュージックが流《なが》れている。

体《たい》そう選手《せんしゅ》の美鈴《みすず》ちゃんは鉄《てつ》ぼうや小《ちい》さなトランポリンを、天馬君《てんまくん》は本《ほん》だないっぱいのミステリ小説《しょうせつ》や、ときどきあやしい実験《じっけん》をするためのフラスコとかビーカーとかの器具《きぐ》をこの部室《ぶしつ》に置《お》いている。いろいろなものがそろっているこの部屋《へや》は、なんとなくひみつきちみたいな雰囲気《ふんいき》で、ぼくたちはここですごす時間《じかん》が大好《だいす》きだった。

ただ最近《さいきん》は、みんながものを持《も》ちこみすぎて、ちょっとごみごみとしてきている。ぼくが合気道《あいきどう》のけいこで使《つか》う道着《どうぎ》や木刀《ぼくとう》、美鈴《みすず》ちゃんが動物園《どうぶつえん》に行《い》ったときにくじで当《あ》たったという、石《いし》でできたゾウの置物《おきもの》とライオンのぬいぐるみ。天馬君《てんまくん》が家《いえ》から持《も》ってきた、シャーロック・ホームズの銅像《どうぞう》とステッキ。

カウンターのおくにある、昔《むかし》おじさんのバーでお酒《さけ》のビンをかざっていたというたなも、最近《さいきん》ぼくが持《も》ってきたものだった。そこにはジュースとならんで、天馬君《てんまくん》がイギリスからとりよせたという高《たか》そうなティーセットや、美鈴《みすず》ちゃんのお気《き》に入《い》りの江戸切子《えどきりこ》とよばれるきれいなもようが入《はい》ったガラスのコップとかが置《お》かれている。ぼくが使《つか》っている戦隊《せんたい》ヒーローのマグカップが、すごく子《こ》どもっぽく見《み》えてちょっとはずかしかった。

少《すこ》し整理《せいり》しないとなぁ……。

さっき天馬君《てんまくん》から「これ、読《よ》んでみてよ！」とおしつけられた、『モルグ街《がい》の殺人《さつじん》』の文庫本《ぶんこぼん》を読《よ》むふりをしながら、ぼくはそんなことを考《かんが》える。

言葉
かくにん!

世界《せかい》で最初《さいしょ》のミステリ小説《しょうせつ》ってどんなものなんだろうって、きょうみはあった。けれど、わたされた本《ほん》はおとな用《よう》で、むずかしい言葉《ことば》や漢字《かんじ》がいっぱい使《つか》われていて、小学四年生《しょうがくよねんせい》のぼくが読《よ》むのにはちょっとむずかしすぎた。

「ねえ、天馬君《てんまくん》。いつになったら『事件現場《じけんげんば》』を調《しら》べにいくの？」

鉄《てつ》ぼうにさかさまにぶら下《さ》がった美鈴《みすず》ちゃんが言《い》う。

「そうだね、放課後《ほうかご》になってすぐのいまは、職員室《しょくいんしつ》には先生《せんせい》たちがいっぱいいるから、くわしく調《しら》べるのはむずかしいと思《おも》うんだ。子《こ》どものぼくたちが職《しょく》員室《いんしつ》をウロウロしていたら、変《へん》な目《め》で見《み》られるだろうからね。まずは、どうやって密室《みっしつ》からおかしがぬすまれたのか、考《かんが》えられる仮説《かせつ》をリストアップしないと。そして、明日《あした》の朝早《あさはや》くにでも真理子先生《まりこせんせい》といっしょに職員室《しょくいんしつ》に行《い》って検証《けんしょう》を……」

「そうじゃなくて、龍《りゅう》のことだよ」

天馬君《てんまくん》のセリフをさえぎった美鈴《みすず》ちゃんは、体《からだ》をふって、その反動《はんどう》で前後《ぜんご》にゆれる。

「……龍《りゅう》？」

天馬君《てんまくん》はふしぎそうにパチパチとまばたきをした。

「池《いけ》の底《そこ》に龍《りゅう》がいた事件《じけん》のことだってば！」

美鈴《みすず》ちゃんが大《おお》きな声《こえ》を出《だ》すと、天馬君《てんまくん》は「あっ⁉」と口《くち》を大《おお》きく開《あ》けた。

「『あっ⁉』って何《なに》？　もしかしてわすれていたの？　わたしのほうが真理子《まりこ》先生《せんせい》より先《さき》に相談《そうだん》したのに！」

美鈴《みすず》ちゃんの顔《かお》が赤《あか》くなっていく。

「美鈴《みすず》ちゃん落《お》ちついて。あまり頭《あたま》に血《ち》をのぼらせないで」

ぼくがなだめると、美鈴《みすず》ちゃんは首《くび》を左右《さゆう》にふった。

「しかたないじゃない。さっきからずっとぶら下《さ》がっているんだから、頭《あたま》のほうに血《ち》がいくのは当《あ》たり前《まえ》だよ」

「そういうことじゃないんだけど……」

美鈴《みすず》ちゃんににらまれたぼくは、小声《こごえ》でつぶやく。

「ごめんごめん、美鈴君《みすずくん》。そんなにおこらないで。ひとつのナゾに集中《しゅうちゅう》すると、まわりが見《み》えなくなっちゃってさ」

天馬君《てんまくん》は申《もう》しわけなさそうに頭《あたま》をかいた。

「もちろん、『龍《りゅう》のすむ池事件《いけじけん》』もちゃんと調《しら》べるよ。そっちも、とてもみりょく的《てき》なナゾだからね」

「調《しら》べるって、どうやって？」

美鈴《みすず》ちゃんはうたがわしげに目《め》を細《ほそ》めた。

「そうだなぁ。とりあえず、あの池《いけ》の底《そこ》をさらってみるのがいいんじゃないかな」

「底《そこ》をさらってみる？」

鉄《てつ》ぼうにぶら下《さ》がったまま、美鈴《みすず》ちゃんは小首《こくび》をかしげた。

「そうだよ、龍《りゅう》は池《いけ》の底《そこ》にいたんでしょ？　なら、そこを調《しら》べれば龍《りゅう》がいたしょうこが何《なに》か見《み》つかるかもしれない。場合《ばあい》によっては、龍《りゅう》そのものがつかまえられたりして」

はしゃいだようすの天馬君《てんまくん》を見《み》て、「そんなわけないじゃん」という言葉《ことば》が出《で》そうになるけど、ぼくはなんとか思《おも》いとどまる。そんなことを言《い》えば、またあの『シャーロック・ホームズの名言《めいげん》』を聞《き》かされるに決《き》まっている。

ぼくは軽《かる》くせきばらいをすると、天馬君《てんまくん》に声《こえ》をかけた。

「池《いけ》の底《そこ》をさらうって、どうやって？　あの池《いけ》、深《ふか》さ一《いち》メートルくらいあるから、底《そこ》まで手《て》はとどかないよ」

「そうだなあ……。柄《え》の長《なが》いあみとかならできると思《おも》うんだけど」

天馬君《てんまくん》は鼻《はな》の頭《あたま》をかくと、美鈴《みすず》ちゃんがさかさまになったまま手《て》をふった。

「わたし、夏《なつ》にセミをつかまえたりした虫《むし》とりあみを持《も》ってるけど、それならどうかな？」

「うーん……。虫《むし》とりあみはあみ目《め》が細《こま》かすぎて、池《いけ》の中《なか》に入《い》れると水《みず》のていこうですごく重《おも》く感《かん》じるんだよね。できれば水《みず》の中《なか》をさらうために作《つく》られたあみとかないかな」

天馬君《てんまくん》のつぶやきを聞《き》いたぼくは、「あっ」と声《こえ》をあげる。

「ある！　あるよ！　うちのおじいちゃんの道場《どうじょう》、庭《にわ》に大《おお》きな池《いけ》があってコイを飼《か》ってるんだけど、そこをそうじするためのあみがあったはず」

「すごいじゃん！　それなら、いまから陸《りく》のおじいちゃんの道場《どうじょう》に行《い》ってあみを借《か》りてきて、さっそく池《いけ》を調《しら》べようよ！」

はしゃいだ声《こえ》をあげながら鉄《てつ》ぼうから飛《と》びおりた美鈴《みすず》ちゃんは、トランポリンに着地《ちゃくち》すると反動《はんどう》で天《てん》井近《じょうちか》くまで飛《と》びあがり、月面《げつめん》ちゅうがえりを決《き》めてぼくたちのそばに両手《りょうて》を横《よこ》にのばして着地《ちゃくち》した。

あまりにも見事《みごと》なジャンプに、ぼくと天馬君《てんまくん》は思《おも》わずはくしゅをしてしまう。

「はくしゅとかいいから、さっさと行《い》こうよ、ほら、陸《りく》、案内《あんない》して」

「……ごめん、美鈴《みすず》ちゃん。今日《きょう》はちょっとダメなんだ」

ぼくが首《くび》をすくめると、美鈴《みすず》ちゃんは「えー!? どうして?」とくちびるをとがらせた。

「今日《きょう》、道場《どうじょう》のそうじ当番《とうばん》になっていて、いつもより一時間《いちじかん》ぐらい早《はや》く行《い》かないといけないんだよね。だから、そろそろ学校《がっこう》を出《で》ないと」

「じゃあさ、みんなで陸《りく》のおじいちゃんの道場《どうじょう》まで行《い》って、わたしと天馬君《てんまくん》はあみを借《か》りて学校《がっこう》にもどってこようよ」

「美鈴君《みすずくん》。ぼくも今日《きょう》はそろそろ帰《かえ》ろうかと思《おも》うんだ」

天馬君《てんまくん》が頭《あたま》をかいた。

「実《じつ》は今日《きょう》は、ぼくが大好《だいす》きなミステリ作家《さっか》さんの新作《しんさく》の発売日《はつばいび》なんだ。だから本屋《ほんや》さんに寄《よ》って帰《かえ》って、家《いえ》でゆっくり読《よ》みたいんだよ」

「もう、ふたりともつまんない。わたし、本当《ほんとう》に池《いけ》の中《なか》に龍《りゅう》がいるのを見《み》たんだよ。ミステリクラブのメンバーなのに、そんなふしぎな事件《じけん》をほうっておいてもいいの？」

美鈴《みすず》ちゃんは両手《りょうて》をぶんぶんとふる。

「もちろんほうっておくつもりはないよ、ちゃんと帰《かえ》る前《まえ》にワナをしかけておくつもりさ」

「ワナ？　どういうこと？」

ふりまわされていた美鈴《みすず》ちゃんの両手《りょうて》の動《うご》きが止《と》まる。

「『百聞《ひゃくぶん》は一見《いっけん》にしかず』さ。ふたりともついておいでよ」

カウンター席《せき》からおりた天馬君《てんまくん》は、出入《でい》り口近《ぐちちか》くに移動《いどう》すると、そこにあるポールハンガーにかかっているコートと鹿《しか》うちぼうを手《て》にとった。両方《りょうほう》とも、シャーロック・ホームズがよく身《み》につけていたものらしい。

天馬君《てんまくん》は鹿《しか》うちぼうを頭《あたま》にのせて、手《て》まねきをする。

「それじゃあ、さっそくワナの材料《ざいりょう》をとりにいくよ」

# 4 チョークのワナ

「そんなもの、何《なに》に使《つか》うの？」

夏《なつ》にあった『密室《みっしつ》のウサギ小屋事件《ごやじけん》』から、しばらく使《つか》われていなかった小《こ》屋《や》の前《まえ》まで来《き》たところで、先頭《せんとう》を歩《ある》く天馬君《てんまくん》に美鈴《みすず》ちゃんが声《こえ》をかける。

コートをはおり、鹿《しか》うちぼうをかぶった天馬君《てんまくん》が足《あし》を止《と》め、ふり返《かえ》った。そのシャーロック・ホームズスタイルは天馬君《てんまくん》の名探偵《めいたんてい》としてのユニフォームだ。事件現場《じけんげんば》に行《い》ったり、ナゾの解説《かいせつ》をしたりするときなどは、このかっこうでやることが多《おお》かった。

「あせらないで、美鈴君《みすずくん》。すぐにわかるよ。これをどうやって使《つか》うかね」

天馬君《てんまくん》は両手《りょうて》に持《も》った小《ちい》さな箱《はこ》をかかげる。それは教室《きょうしつ》に置《お》いてある黒板消《こくばんけ》しクリーナーのこな受《う》けだった。中《なか》にはチョークのこながたくさん入《はい》っている。
数分前《すうふんまえ》にミステリクラブの部室《ぶしつ》をあとにしたぼくたちは、天馬君《てんまくん》に連《つ》れていかれて自分《じぶん》たちの教室《きょうしつ》にもどった。まようことなく教室《きょうしつ》のすみに置《お》かれている黒板消《こくばんけ》しクリーナーに近《ちか》づいた天馬君《てんまくん》は、そのこな受《う》けをとりだして中《なか》をのぞきこむと、にやりと笑《わら》った。

「やっぱりチョークのこなが残《のこ》っている。今日《きょう》の日直《にっちょく》、重田君《しげたくん》だからこういう細《こま》かいことは忘《わす》れているかなと思《おも》ったんだよね」

天馬君《てんまくん》はうれしそうに言《い》うと、こな受《う》けを両手《りょうて》で持《も》って教室《きょうしつ》を出《で》て、そのまま校舎《こうしゃ》の外《そと》にある池《いけ》へ向《む》かっていた。

「天馬君《てんまくん》って、いつもそうやってもったいぶるんだから。前《まえ》もって教《おし》えてくれてもいいじゃない」

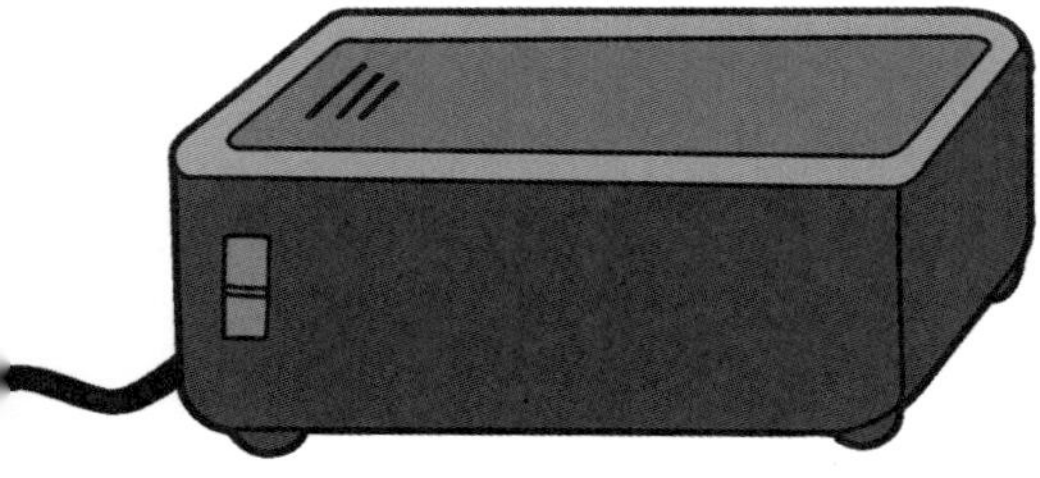

美鈴《みすず》ちゃんがもんくを言《い》う。

「名探偵《めいたんてい》っていうのは、もったいぶるものなんだよ」

天馬君《てんまくん》は軽《かる》い足《あし》どりで、美鈴《みすず》ちゃんが龍《りゅう》を見《み》たという池《いけ》のそばへとやってきた。

「じゃあ、さっそく始《はじ》めようか」

天馬君《てんまくん》がこな受《う》けの中《なか》に手《て》をつっこむのを見《み》て、ぼくは目《め》を大《おお》きくする。

「え？　もしかしてチョークのこなを池《いけ》にほうりこむの？」

「まさか。なんでそんなことする必要《ひつよう》があるっていうんだい？」

「いやなんでって……チョークのこなをばらまいたら、おどろいて龍《りゅう》が飛《と》びだしてくるとか……」

しつもんにしつもんで返《かえ》されたぼくは、しどろもどろになった。

「チョークのこながたくさん水《みず》にとけたら、水質《すいしつ》が変《か》わっちゃって、ここにいる生《い》き物《もの》が死《し》んじゃうかもしれないじゃないか。そんなことしないよ」

「じゃあ、そのチョークのこなをどうするの？」

美鈴《みすず》ちゃんが首《くび》をかたむけると、天馬君《てんまくん》は「こうするのさ」と、手《て》にとったチョークのこなを池《いけ》のまわりのレンガの上《うえ》に少《すこ》しずつまいていく。一周《いっしゅう》して、レンガの全部《ぜんぶ》とそばの地面《じめん》にチョークのこなをうすくまき終《お》わった天馬君《てんまくん》は、両手《りょうて》をパンパンとたたいて手《て》のひらについたこなをはらい落《お》とした。

「これでよしっと」

「これがワナなの？」

美鈴《みすず》ちゃんは目《め》をしばたたく。

「そうだよ。朝《あさ》、美鈴君《みすずくん》と空良君《そらくん》は池《いけ》の底《そこ》にいる龍《りゅう》を見《み》た。けれど昼休《ひるやす》みには龍《りゅう》がいなくなっていた。つまり龍《りゅう》は水《みず》の中《なか》にかくれているか、それとも池《いけ》の外《そと》ににげだしたか、どちらかだ」

天馬君《てんまくん》はまだ少《すこ》しチョークのこながついている両手《りょうて》を広《ひろ》げると、楽《たの》しそうに説明《せつめい》をしだした。

「もし龍《りゅう》が池《いけ》に出《で》たり入《はい》ったりしているなら、レンガにまいたチョークのこなにあとが残《のこ》るはずさ」

「あ、なるほど」

ぼくがあいづちをうつと、天馬君《てんまくん》は「そうだ」とつぶやいて校舎《こうしゃ》に近《ちか》づく。

しゃがみこんだ天馬君《てんまくん》は、またこな入《い》れからチョークのこなをとりだして、地面《じめん》にまきはじめた。

「何《なに》しているの？」

天馬君《てんまくん》のかたごしにチョークのこなをまいている場所《ばしょ》を見《み》ると、そこはさっき空良君《そらくん》が入《はい》れるか試《ため》してみた、換気用《かんきよう》の小《こ》まどの前《まえ》だった。

「念《ねん》のため、ここにもワナをしかけておくんだよ。犯人《はんにん》がこのまどから入《はい》りこんだり、何《なに》か道具《どうぐ》を入《い》れておかしをぬすんだりしているかもしれないからね」

「なんで『密室《みっしつ》の職員室事件《しょくいんしつじけん》』のことも考《かんが》えてるの？　『龍《りゅう》のすむ池事件《いけじけん》』に集中《しゅうちゅう》してくれるって言《い》ったじゃん」

美鈴《みすず》ちゃんがしゃがみこんだままの天馬君《てんまくん》を見下《みお》ろす。

「いや……。そんなこと言《い》ったおぼえないんだけど……」

天馬君《てんまくん》がほっぺたを引《ひ》きつらせた。

「おかしが少《すこ》しぬすまれたことより、龍《りゅう》がいたことのほうがずっとふしぎなナゾじゃない。なのに、天馬君《てんまくん》はさっきから職員室《しょくいんしつ》のナゾばっかり考《かんが》えているんだもん。ずるいよ」

「だって、さっき真理子先生《まりこせんせい》が言《い》ったように、そっちのほうはあぶないことになるかもしれないから、早《はや》く解決《かいけつ》しないといけないし……」

言《い》いわけするように、天馬君《てんまくん》は小《ちい》さな声《こえ》でつぶやく。

「龍《りゅう》だってあぶないかもしれないじゃん。もしかしたら人《ひと》をおそうかもしれないよ。だからこっちのほうをまず調《しら》べてよ」

美鈴《みすず》ちゃんはだだをこねるかのように、首《くび》をふった。自分《じぶん》が見《み》たふしぎなナゾについてみんなで調《しら》べていたのに、そのとちゅうでちがう事件《じけん》の捜査《そうさ》が始《はじ》まってイライラしているみたいだ。

「美鈴君《みすずくん》、落《お》ちついて。もちろん龍《りゅう》のほうもしっかり調《しら》べるからさ」

天馬君《てんまくん》にさとされた美鈴《みすず》ちゃんは、不満《ふまん》そうにくちびるをとがらせた。

「それじゃあ、これから何《なに》をするの？」

美鈴《みすず》ちゃんのしつもんに、天馬君《てんまくん》はこまったように頭《あたま》をかく。

「いや、今日《きょう》はもう何《なに》もしないよ」

「何《なに》もしない⁉　どうして？」

「ワナをしかけたんだから、あとは相手《あいて》がそれにかかるのを待《ま》つだけだよ。それに、陸君《りくくん》とぼくは用事《ようじ》があるから、そろそろ帰《かえ》らないと」

「そんなの、つまらない！　わたし今日《きょう》の体《たい》そう教室《きょうしつ》が始《はじ》まる時間《じかん》おそいから、六時《ろくじ》くらいまで学校《がっこう》にいないといけないのに」

「そんなこと言《い》われても……」

天馬君《てんまくん》は助《たす》けを求《もと》めるようにぼくのほうを見《み》た。

「美鈴《みすず》ちゃん。やれることはやったんだから今日《きょう》はこれで終《お》わりにしようよ。ぼくが道場《どうじょう》からあみを借《か》りてくるから、明日《あした》の朝早《あさはや》く集《あつ》まって三人《さんにん》で池《いけ》の底《そこ》を調《しら》べようよ。ね」

ぼくがゆっくりとした口調《くちょう》で言《い》うと、美鈴《みすず》ちゃんは少《すこ》しのあいだ考《かんが》えこんだあと「わかった……」と、しぶしぶといった感《かん》じでうなずいた。

天馬君《てんまくん》とぼくは、小《ちい》さくほっと息《いき》をはく。

「それじゃあ、教室《きょうしつ》にこのこな受《う》けを返《かえ》したあと、部室《ぶしつ》にもどって帰《かえ》ろうか」

天馬君《てんまくん》が言《い》うと、美鈴《みすず》ちゃんは首《くび》を横《よこ》にふった。

「わたしはもうちょっとここにいる。池《いけ》の中《なか》に龍《りゅう》がまた見《み》えないか調《しら》べたいから」

# 5 十《じゅう》一《いっ》体《たい》の動《どう》物《ぶつ》の像《ぞう》

「美鈴《みすず》ちゃんがあんなに捜査《そうさ》に積極的《せっきょくてき》になるの、めずらしいよね」

ぼくはとなりを歩《ある》く天馬君《てんまくん》に声《こえ》をかける。

チョークのこなでワナを作《つく》ったあと、部室《ぶしつ》にもどったぼくと天馬君《てんまくん》は、そのままランドセルをせおって学校《がっこう》をあとにしていた。

「そうだね、いままでの事件《じけん》のようにだれかから依頼《いらい》が来《き》たんじゃなく、美《み》鈴君自身《すずくんじしん》が目《もく》げき者《しゃ》となった事件《じけん》だからね。自分《じぶん》が見《み》た龍《りゅう》の正体《しょうたい》を知《し》りたくてしかたないんじゃないかな」

「本当《ほんとう》に美鈴《みすず》ちゃんと空良君《そらくん》は何《なに》を見《み》たんだろうね。龍《りゅう》なんて本当《ほんとう》にいるわけないし」

そう言《い》ったしゅんかん、ぼくは「しまった！」と思《おも》う。あわててごまかそうとしたけど、その前《まえ》に天馬君《てんまくん》が早口《はやくち》で話《はな》し始《はじ》めた。

「『いるわけがない』という先入観《せんにゅうかん》はナゾを解《と》くじゃまになるよ。そもそも龍《りゅう》はいろんなところで目《もく》げきされているんだ。日本《にほん》でも、すごく昔《むかし》に書《か》かれた『日本書紀《にほんしょき》』という本《ほん》に龍《りゅう》が出《で》てきて……」

となりでえんえんと龍《りゅう》についての説明《せつめい》をする天馬君《てんまくん》にげんなりしながら歩《ある》いていたぼくは、ふと左側《ひだりがわ》にある神社《じんじゃ》がさわがしいことに気《き》づく。鳥居《とりい》から続《つづ》く参道《さんどう》のおくで、神主《かんぬし》さんと巫女《みこ》さんたちが集《あつ》まって話《はな》しているのが見《み》えた。遠《とお》くから見《み》ても、みんな何《なに》かこまっているようすなのがわかる。

「あれ、どうしたんだろうね？」

どうにか話題《わだい》をそらそうとぼくは参道《さんどう》のおくを指《ゆび》さした。天馬君《てんまくん》は「え、何《なに》が？」と、ようやく龍《りゅう》の説明《せつめい》をやめてくれる。

「あそこだよ、何《なに》か事件《じけん》でもあったのかな」

そう言《い》って天馬君《てんまくん》の注意《ちゅうい》を龍《りゅう》からそらしつつ、神社《じんじゃ》の前《まえ》を通《とお》りすぎようとしたとき、天馬君《てんまくん》は「……事件《じけん》」とつぶやきながらすいこまれるように鳥居《とりい》をくぐり、境内《けいだい》へと入《はい》っていく。

ああ、失敗《しっぱい》した。

ぼくは頭《あたま》をかかえる。名探偵《めいたんてい》である天馬君《てんまくん》に「事件《じけん》かもしれない」なんて言《い》ったら、首《くび》をつっこもうとするに決《き》まっているのに。ぼくはため息《いき》をつくと、天馬君《てんまくん》のあとを追《お》った。石畳《いしだたみ》の参道《さんどう》を進《すす》んで社《やしろ》の前《まえ》まで近《ちか》づくと、神主《かんぬし》さんたちの話《はな》している内容《ないよう》が聞《き》こえてきた。

「本当《ほんとう》にどこにもないのかい？」

「考《かんが》えられるところはすべてさがしましたけど、ありません」

「ぬすまれたことを警察《けいさつ》には通報《つうほう》したのか」

「はい、さっきしました。もうすぐおまわりさんが来《き》てくれるはずです」

「ああ、見《み》つからなかったらどうしよう……。せっかく作《つく》ってもらったのに」

郵便はがき

料金受取人払郵便

明石局
承認

6135

差出有効期間
令和９年５月
31日まで

（切手不要）

673-8790

兵庫県明石市桜町２-22-101

ライツ社 行

| | | |
|---|---|---|
| じゅうしょ 〒<br><br>でんわばんごう | | |
| なまえ（ふりがな） | ねんれい | せいべつ |
| メールアドレス | | |
| しょくぎょう | | |

ご記入いただいた個人情報は、当該業務の委託に必要な範囲で委託先に提供する場合や、関係法令により認められる場合などを除き、お客様に事前に了承なく第三者に提供することはありません。

放課後ミステリクラブの公式LINEがはじまりました！
最新情報をおしらせするよ！ぜひ友だち追加してね。
登録のお礼に、トーク画面の背景画像をプレゼント！

④

このほんについてのかんそうやイラスト、
さくしゃへのメッセージなどを
かいて、おくってくれたらうれしいです！

ほんをかったおみせのなまえ

さくしゃへの「しつもん」も、ぼしゅうしています！
こんごのさくひんで、こたえてくれるかも！？

お寄せいただいたご感想は、弊社HPやSNS、そのた販促活動に使わせていただく場合がございます。あらかじめご了承ください。

.write
right
light

海とタコと本のまち「明石」の出版社
2016年9月7日創業
ライツ社は、「書く力で、まっすぐに、照らす」を合言葉に、
心を明るくできる本を出版していきます。

頭《あたま》をかかえる神主《かんぬし》さんに、天馬君《てんまくん》が「何《なに》があったんですか？」と近《ちか》づいていく。神主《かんぬし》さんは顔《かお》をあげると、ランドセルをせおった天馬君《てんまくん》をふしぎそうに見《み》つめた。

「何《なに》か事件《じけん》があったんですよね？　何《なに》が起《お》こったのか、ぼくに教《おし》えてください。力《ちから》になりますよ」

天馬君《てんまくん》はむねをはった。

「ありがとうね。でも、子《こ》どもには関係《かんけい》ないことだよ。近《ちか》くで遊《あそ》んでいなさいね。この神社《じんじゃ》の中《なか》ならどこで遊《あそ》んでもいいから」

神主《かんぬし》さんはやさしくほほ笑《え》みかけてくれるけれど、子《こ》どもあつかいされた天《てん》馬君《まくん》はくちびるを「へ」の字《じ》にゆがめる。

「ぼくは子《こ》どもですけど、名探偵《めいたんてい》でもあるんです」

神主《かんぬし》さんや巫女《みこ》さんたちは、いっしゅんきょとんとした表情《ひょうじょう》で天馬君《てんまくん》を見《み》たあと、笑《わら》い声《ごえ》をあげた。

「探偵《たんてい》ごっこか。わたしも昔《むかし》はよくやったな。なつかしいねえ」

そう言《い》うと神主《かんぬし》さんはまたむずかしい顔《かお》になって、巫女《みこ》さんたちと小声《こごえ》で話《はな》しはじめた。

「天馬君《てんまくん》、もう帰《かえ》ろうよ。学校《がっこう》の外《そと》では、おとなはぼくたちみたいな子《こ》どもにたよったりしないんだよ」

不満《ふまん》そうな表情《ひょうじょう》で立《た》ちつくしている天馬君《てんまくん》に、ぼくは声《こえ》をかける。

「年《ねん》れいなんて関係《かんけい》ないじゃないか。ぼくはふつうのおとなよりずっと事件《じけん》を解決《かいけつ》する力《ちから》があるのに」

「わかっているけどさ、おとなって子《こ》どものこと、なかなかみとめてくれないじゃん。ちゃんと見《み》てくれるのは真理子先生《まりこせんせい》ぐらいだよ。しかたないよ」

落《お》ちこんでいる天馬君《てんまくん》のせなかをぼくは軽《かる》くなでた。

「わかった。あきらめるよ」

つまらなそうにうなずいた天馬君《てんまくん》は、神主《かんぬし》さんたちのそばを通《とお》りぬけ、社《やしろ》へ近《ちか》づいていく。神主《かんぬし》さんたちは集中《しゅうちゅう》して話《はな》しあっているせいか、天馬君《てんまくん》の行動《こうどう》に気《き》づいていなかった。

「ちょっと待《ま》ってよ。天馬君《てんまくん》。どこに行《い》くつもり？　帰《かえ》るんじゃないの？」

社《やしろ》の正面《しょうめん》にある数段《すうだん》の階段《かいだん》をあがって、おさいせんを入《い》れる木箱《きばこ》の前《まえ》までやってきた天馬君《てんまくん》に、追《お》いついたぼくが声《こえ》をかける。

「帰《かえ》る？　どうして？」

天馬君《てんまくん》は心《こころ》からふしぎに思《おも》っているように聞《き》き返《かえ》してきた。

「どうしてって、いまあきらめるって言《い》ったじゃないか」

「神主《かんぬし》さんたちから、くわしい話《はなし》を聞《き》くのをあきらめるだけだよ。せっかくふしぎな事件《じけん》のにおいがするのに、手《て》ぶらで帰《かえ》るなんてできるわけないじゃないか。ほら、陸君《りくくん》、行《い》くよ」

天馬君《てんまくん》はおさいせん箱《ばこ》のわきでくつをぬぐと、まようことなく社《やしろ》の中《なか》に入《はい》っていった。

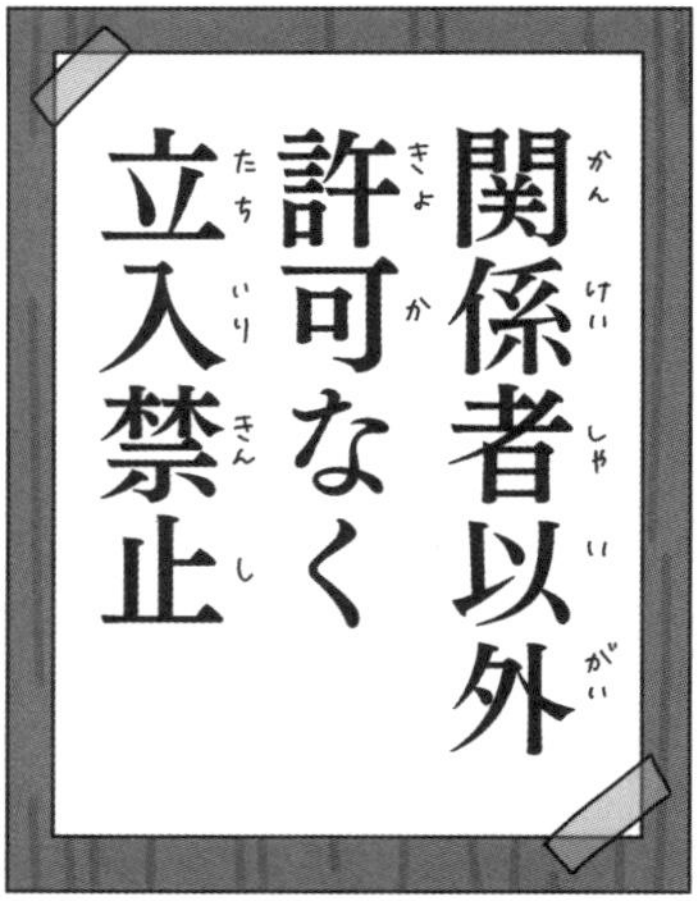


「まずいよ、天馬君《てんまくん》。勝手《かって》に入《はい》ったら、おこられちゃうよ」

ぼくは社《やしろ》の入《い》り口《ぐち》に『関係者以外許可《かんけいしゃいがいきょか》なく立入禁止《たちいりきんし》』と書《か》かれたかんばんを指《ゆび》さす。

「勝手《かって》に？　何《なに》を言《い》っているんだい、陸君《りくくん》。ちゃんと許可《きょか》をとったじゃないか」

「え？　きょかなんていつとったの？」

ぼくが首《くび》をかたむけると、天馬君《てんまくん》はいたずらっぽくほほ笑《え》んだ。

「さっき、神主《かんぬし》さんが言《い》ったでしょ。『この神社《じんじゃ》の中《なか》ならどこで遊《あそ》んでもいい』って。そしてこの社《やしろ》も、『この神社《じんじゃ》』の一部《いちぶ》だ。つまりぼくたちは、ここに入《はい》る許可《きょか》をもらっているってことさ」

（そんなへりくつを……。見《み》つかったら絶対《ぜったい》おこられる）

そう思《おも》ったけど、ここで天馬君《てんまくん》と言《い》いあらそったりすると、うしろにいる神《かん》主《ぬし》さんたちに気《き》づかれそうだ。それに、ナゾを目《め》の前《まえ》にした天馬君《てんまくん》がそうかんたんには引《ひ》きさがらないことは、これまでの付《つ》きあいでよく知《し》っていた。

(天馬君《てんまくん》に早《はや》く調《しら》べてもらって帰《かえ》ったほうが、おこられるきけんは少《すく》なくなる)

そう判断《はんだん》したぼくは、くつをぬぎ、天馬君《てんまくん》といっしょに社《やしろ》の中《なか》に入《はい》った。板《いた》の間《ま》のゆかを、足音《あしおと》がしないように気《き》をつけながら進《すす》んでいく。学校《がっこう》の体育館《たいいくかん》をふたまわりぐらい小《ちい》さくしたようなうす暗《ぐら》い建物《たてもの》だった。

「ここは拝殿《はいでん》という場所《ばしょ》だね。『お祓《はら》い』とか『ご祈祷《きとう》』をする場所《ばしょ》だよ」

天馬君《てんまくん》は説明《せつめい》しながら建物《たてもの》のおくを指《ゆび》さした。

「あそこにあるのが神様《かみさま》をまつった祭壇《さいだん》だよ。あのおくにはご神体《しんたい》が置《お》かれた、『本殿《ほんでん》』という場所《ばしょ》があるんだ」

あいかわらず、いろんなことを知《し》っているなぁ。感心《かんしん》しながら建物《たてもの》の中《なか》を見《み》まわしたぼくは、まばたきをする。

建物《たてもの》のかべにそうように点々《てんてん》とテーブルがあって、その上《うえ》には動物《どうぶつ》の像《ぞう》が置《お》かれていた。

イヌ、ネズミ、サル、ウサギ……。

全部《ぜんぶ》で十種類以上《じゅっしゅるいいじょう》ある動物《どうぶつ》の像《ぞう》は、うす暗《ぐら》いこの建物《たてもの》の中《なか》でも外《そと》から入《はい》ってくる弱《よわ》い光《ひかり》を乱反射《らんはんしゃ》して、きらきらとかがやいて見《み》えた。

「わあ、なんだろう、あれ。すごくきれいだね」

ぼくは思《おも》わずかけよってウサギに近《ちか》づいていく。

白《しろ》くて半《はん》とうめいのウサギ。赤《あか》くてすきとおった両目《りょうめ》は、まるで宝石《ほうせき》みたいだった。

「この像《ぞう》って何《なに》でできているんだろう？」

天馬君《てんまくん》は、ウサギのどう体《たい》に顔《かお》を近《ちか》づける。

「たしかにきれいだね。ガラスでできているのか

な。それにしては少《すこ》しとうめい度《ど》が低《ひく》い気《き》も……」

「なんで神社《じんじゃ》の中《なか》に、こんなにいっぱい動物《どうぶつ》の像《ぞう》が置《お》かれているのかな」

「さあ、なんだろうね。数《かぞ》えたら十一体《じゅういったい》もある。この神社《じんじゃ》って参拝《さんぱい》する人《ひと》に喜《よろこ》んでもらうためによくイベントをするから、それのためのものかもね」

そういえば、夏《なつ》のお祭《まつ》りのほかにも、花火大会《はなびたいかい》や、小学生《しょうがくせい》がかいた絵《え》や習字《しゅうじ》の展示《てんじ》など、この神社《じんじゃ》ではいろいろな楽《たの》しいことをしている。

「っていうことは、動物《どうぶつ》の像《ぞう》の展覧会《てんらんかい》でもするのかな？　ぼくさ、ネコが好《す》きなんだよね。ネコはいないのかな？　あとタヌキとかもかわいいよね。ときどきこの辺《あた》りにタヌキがでるってうわさを聞《き》

いたことあるんだよね。会《あ》ってみたいな」

「タヌキはいないね。ネコ科《か》の動物《どうぶつ》なら、あそこにトラならいるけれど」

天馬君《てんまくん》は反対側《はんたいがわ》のかべにそってならんでいるテーブルに置《お》かれている、トラの像《ぞう》を指《ゆび》さした。

「トラもかっこいいけれど、ぼくはやっぱりふつうのネコのほうが好《す》きだな。トラがいるのにどうしてネコは作《つく》ってくれなかったんだろう」

ぼくがもんくを言《い》っていると、天馬君《てんまくん》はしゃがみこんで、テーブルの下《した》をのぞきこんだ。

「どうしたの？」

「いや、何《なに》か動《うご》いたような気《き》がして」

天馬君《てんまくん》は自分《じぶん》のランドセルからぶら下《さ》がっているペンライトを手《て》にとって、テーブルの下《した》を照《て》らした。

「あれ？」

天馬君《てんまくん》が声《こえ》をあげる。

「何《なに》か見《み》つかったの？」

「見《み》てよ、ここ」

天馬君《てんまくん》が指《ゆび》さした先《さき》を見《み》ると、そこには十数《じゅうすう》ひきのアリが動《うご》いていた。

「こんな建物《たてもの》の中《なか》に、なんでこんなにアリがいるんだ？」

「祭壇《さいだん》に何《なに》か、おかしでもおそなえされているんじゃないの？」

ぼくは、おくにおかれている祭壇《さいだん》を指《ゆび》さした。

「うーん、でもあの祭壇《さいだん》、食《た》べものはおそなえされてないよ。それに、ここから祭壇《さいだん》じゃあ、ちょっとはなれすぎじゃないかな」

天馬君《てんまくん》はペンライトをあごの先《さき》に当《あ》てる。天馬君《てんまくん》の顔《かお》が下《した》から照《て》らされて、ちょっとこわかった。

「アリがいるって、そんなに重要《じゅうよう》なことなの？」

ぼくがしつもんすると、テーブルの下《した》ではいつくばっていた天馬君《てんまくん》は、急《きゅう》に立《た》ちあがろうとする。

自分《じぶん》がどこにいるかを忘《わす》れていたのか、天馬君《てんまくん》はいきおいよくテーブルに頭《あたま》をぶつけた。ゴツンという大《おお》きな音《おと》がひびき、天馬君《てんまくん》はいたそうに両手《りょうて》で頭《あたま》をおさえる。

「ああ、天馬君《てんまくん》。だいじょうぶ？　なんかすごい音《おと》したよ」

「だいじょうぶだよ。……すごくいたいけれど」

鼻《はな》の付《つ》け根《ね》にしわをよせて立《た》ちあがった天馬君《てんまくん》は、気《き》をとり直《なお》すようにせきばらいをすると、両手《りょうて》を広《ひろ》げた。

「どんな小《ちい》さなことでも、事件《じけん》を解決《かいけつ》する手《て》がかりになることがあるんだ。だから、できるだけたくさんの情報《じょうほう》を集《あつ》めないといけないんだよ。名探偵《めいたんてい》はその情報《じょうほう》を灰色《はいいろ》の脳細胞《のうさいぼう》で、パズルみたいに組《く》み立《た》てて事件《じけん》の真相《しんそう》を見《み》ぬくのさ」

「ふーん」

あいづちを打《う》ったとき、ぼくの鼻《はな》の頭《あたま》で水《みず》がはじけた。

「わぁ、冷《つめ》たい!?」

ぼくはひめいをあげながらぬれた鼻《はな》をぬぐうと、首《くび》をそらして上《うえ》を見《み》る。

天井《てんじょう》から、ポツポツと水《すい》てきが落《お》ちてきていた。


「ああ、雨《あま》もりしているみたいだね」

「え、雨《あま》もりって……」

ぼくがつぶやくと、天馬君《てんまくん》は外《そと》を指《ゆび》さす。

いつのまにか、どしゃぶりの雨《あめ》がふっていた。

「さっきまで晴《は》れていたのに……。どうし

よう、かさ持《も》ってきてないよ」

「たぶん通《とお》り雨《あめ》だからすぐにやむんじゃないかな。けれど、雨《あめ》がふっちゃったか……」

天馬君《てんまくん》はかたを落《お》とす。

「雨《あめ》がふったら何《なに》かあるの？」

ぼくのしつもんに答《こた》えようと天馬君《てんまくん》が口《くち》を開《ひら》きかけたとき、ばたばたと音《おと》がして神主《かんぬし》さんたちが建物《たてもの》の中《なか》に入《はい》ってきた。

「像《ぞう》がぬれたりしたら大変《たいへん》だ！　雨《あま》もりしていないところに置《お》いてあるんだろうね⁉」

あせった声《こえ》で言《い》った神主《かんぬし》さんは、建物《たてもの》の中《なか》にいるぼくたちを見《み》て目《め》を丸《まる》くする。

「キミたち、何《なに》をしているんだい？　ここは関係者以外立入禁止《かんけいしゃいがいたちいりきんし》だよ」

ぼくと天馬君《てんまくん》はせすじをのばすと、おたがいに顔《かお》を見合《みあ》わせる。

「ごめんなさい！　すぐに出《で》ていきます！」

次《つぎ》のしゅんかん、天馬君《てんまくん》は声《こえ》をはりあげると神主《かんぬし》さんのわきをすりぬけて外《そと》へと出《で》ていく。

「ああ、天馬君《てんまくん》、置《お》いていかないでよ！」

ぼくはあわてて天馬君《てんまくん》のあとを追《お》って、雨《あめ》のふる参道《さんどう》へとかけ出《だ》したのだった。

# 6　龍《りゅう》のわすれもの

次《つぎ》の日《ひ》の朝《あさ》七時《しちじ》すぎ、ぼくはあくびをしながら校舎《こうしゃ》の四階《よんかい》のろうかを歩《ある》いていた。うしろから足音《あしおと》が聞《き》こえてくる。ふり返《かえ》るとランドセルをせおった天馬《てんま》君《くん》がいた。

「おはよう、陸君《りくくん》。いやー、昨日《きのう》の帰《かえ》りは大変《たいへん》だったね。びしょぬれになっちゃって本屋《ほんや》さんに行《い》くどころじゃなかったよ」

「ひどいよ天馬君《てんまくん》、ぼくを置《お》いてひとりでにげちゃってさ」

「ごめんごめん。ちょっとあせっちゃって」

首《くび》をすくめた天馬君《てんまくん》は、むりやり話題《わだい》を変《か》えようとしているのか、ぼくが右手《みぎて》に持《も》っているものを指《ゆび》さした。

「それが、昨日《きのう》言《い》っていたあみだね」

「うん、そうだよ」

自分《じぶん》の身長《しんちょう》と同《おな》じぐらいの長《なが》さがあるあみを、ぼくは軽《かる》くかかげた。

「昨日《きのう》、合気道《あいきどう》のけいこが終《お》わったあと、おじいちゃんから借《か》りてきたんだ。だけど大《おお》きすぎて、家《いえ》に持《も》って帰《かえ》るのも、今日《きょう》家《いえ》からここまで持《も》ってくるのも、すごく大変《たいへん》だった」

「おつかれさま。それだけ長《なが》さがあれば、じゅうぶんに池《いけ》の底《そこ》をさらうことができるね」

天馬君《てんまくん》は楽《たの》しそうに目《め》を細《ほそ》めた。

「美鈴《みすず》ちゃんはもう来《き》ているかな」

「うーん、どうだろうね。美鈴君《みすずくん》、あんまり早起《はやお》きが得意《とくい》じゃなくて、朝《あさ》の約束《やくそく》にはちこくすることが多《おお》いからなぁ」

「美鈴《みすず》ちゃんがいなかったら、来《く》るまで待《ま》たないとだめだよ。先《さき》に池《いけ》を調《しら》べたりしたら、美鈴《みすず》ちゃんおこるだろうから」

天馬君《てんまくん》にくぎをさしながら部室《ぶしつ》の前《まえ》にたどりついたぼくは、ドアを開《あ》ける。

「あ、陸《りく》、天馬君《てんまくん》。おはよう」

予想《よそう》に反《はん》して、美鈴《みすず》ちゃんは先《さき》に部室《ぶしつ》に来《き》ていた。

いつもはトランポリンではねたり、鉄《てつ》ぼうにぶら下《さ》がったりしていることが多《おお》い美鈴《みすず》ちゃんだけれど、さすがに朝早《あさはや》くてねむいのか、カウンター席《せき》にすわって紙《かみ》コップでオレンジジュースを飲《の》んでいる。

「おや、美鈴君《みすずくん》おはよう。今日《きょう》は早《はや》いね」

天馬君《てんまくん》は片手《かたて》をあげる。

「昨日《きのう》、ぼくたちが帰《かえ》ったあとは何《なに》かあった？　龍《りゅう》にかんする手《て》がかりが見《み》つかったりした？」

「うん……。まあ……」

美鈴《みすず》ちゃんは歯切《はぎ》れ悪《わる》く答《こた》える。

「え、何《なに》か手《て》がかりがあったの⁉　なら、ぜひ教《おし》えて！」

天馬君《てんまくん》が前《まえ》のめりになった。

「あ、ううん、ちがうの。手《て》がかりとかはなかったよ。帰《かえ》るまでずっと池《いけ》のそばにいたけど、変《か》わったことはなかった」

美鈴《みすず》ちゃんは、ぷるぷると首《くび》を横《よこ》にふった。

「そっかぁ。ありがとう、教《おし》えてくれて。それじゃあさっそく、池《いけ》を調《しら》べに行《い》こうか」

ランドセルをカウンターテーブルに置《お》いた天馬君《てんまくん》は、スキップするような軽《かる》い足《あし》どりでとびら近《ちか》くまで行《い》くと、コートと鹿《しか》うちぼうを手《て》にとって出《で》ていってしまった。

「天馬君《てんまくん》、待《ま》ってよ。ぼくたちも行《い》くからさ」

せおっていたランドセルをおろしながら、ぼくもとびらへ向《む》かう。

「あれ？　美鈴《みすず》ちゃん、どうしたの？　いまから池《いけ》を調《しら》べに行《い》くんだよ」

あみを持《も》って部室《ぶしつ》から出《で》ようとしたぼくは、美鈴《みすず》ちゃんがまだカウンター席《せき》にすわったままだと気《き》づいて、声《こえ》をかけた。

「あ、ごめん。ぼーっとしてた」

美鈴《みすず》ちゃんはカウンター席《せき》から立《た》ちあがる。

早起《はやお》きしてまだねぼけているのか、美鈴《みすず》ちゃんの動《うご》きはやけにゆっくりだった。

校舎《こうしゃ》を出《で》たぼくたちは天馬君《てんまくん》を先頭《せんとう》に、元《もと》ウサギ小屋《ごや》の前《まえ》を通《とお》り、『龍《りゅう》のすむ池《いけ》』へ近《ちか》づいていく。

池《いけ》のそばにたどりついたぼくは、目《め》をうたがった。

「何《なに》……、これ……」

ふるえる指《ゆび》で、ぼくは池《いけ》を指《ゆび》さす。

昨日《きのう》、天馬君《てんまくん》が池《いけ》をかこうレンガにまいたチョークのこな、その一部《いちぶ》がとぎれていた。

まるで大《おお》きなヘビが、そこをはって通《とお》りすぎたかのように。

「ねえ、天馬君《てんまくん》。ワナにあとが残《のこ》っている。これってもしかして……、龍《りゅう》が池《いけ》から出《で》ていったあとなんじゃないの？」

うわずった声《こえ》で言《い》うぼくのそばで、天馬君《てんまくん》は答《こた》えることなくしんけんな表情《ひょうじょう》で、じっとチョークのこながとぎれている部分《ぶぶん》を見《み》つめる。

「どうしたの、天馬君《てんまくん》？」

天馬君《てんまくん》の横顔《よこがお》をのぞきこんだとき、ぼくはあることに気《き》づいて体《からだ》をふるわせた。

これが龍《りゅう》が出《で》ていったあととはかぎらない。もしかしたら龍《りゅう》がどこかから、池《いけ》にもどってきたあとなのかもしれない。

つまり……。いま、この池《いけ》の中《なか》に龍《りゅう》がいるのかも……。

ぼくはごくりとのどを鳴《な》らしてつばを飲《の》

みこむと、おそるおそる池《いけ》をのぞきこむ。

今日《きょう》はくもっていてあまり明《あか》るくないので、底《そこ》はよく見《み》えなかった。

「本当《ほんとう》にこのあみで、池《いけ》の底《そこ》をさらうの？」

ぼくは右手《みぎて》に持《も》つあみを見《み》る。ながい竹《たけ》のぼうの先《さき》にはり金《がね》をとりつけて、そこにネットをはっただけのそうじ用《よう》のあみ。

もし本当《ほんとう》に龍《りゅう》が池《いけ》の底《そこ》にいても、こんなものでつかまえられるとは思《おも》えない。龍《りゅう》があばれたらかんたんにあみをこわして、ぼくたちにおそいかかってくるんじゃないだろうか。

「ねえ……、やっぱりやめない？」

小声《こごえ》で美鈴《みすず》ちゃんがささやいた。

「え？　やめていいの？　昨日《きのう》はあんなに、調《しら》べてって言《い》ってたのに」

ぼくはおどろいて聞《き》きかえす。

「……そうだけどさ、そのワナのあとを見《み》てこわくなっちゃって。それって、何《なに》か大《おお》きな生《い》き物《もの》がはったあとだよね。しげきしたらあぶないんじゃないかな？　……こわいからやめておこうよ」

「そ、そうだよね。やっぱりあぶないから、やめたほうが……」

ぼくがそう言《い》いかけたとき、それまでむずかしい顔《かお》でだまって考《かんが》えこんでいた天馬君《てんまくん》が手《て》をのばしてきて、ぼくが持《も》っているあみをうばいとった。

「何《なに》を言《い》っているんだい、ふたりとも。きけんをおそれていたら名探偵《めいたんてい》にはなれないよ。どんな苦難《くなん》を乗《の》りこえてでも真実《しんじつ》をつかみとる。それが名探偵《めいたんてい》さ」

「『名探偵《めいたんてい》』なのは天馬君《てんまくん》だけで、ぼくはふつうの小学生《しょうがくせい》だよ」

ぼくが小声《こごえ》でツッコミを入《い》れるけれど、天馬君《てんまくん》はそれが聞《き》こえないかのようにしゃべり続《つづ》ける。

「それに、もし龍《りゅう》におそわれたとしても、陸君《りくくん》がいればだいじょうぶさ。得《とく》意《い》の合気道《あいきどう》でやっつけてくれるでしょ」

「合気道《あいきどう》はあくまでも人間《にんげん》を相手《あいて》にした武道《ぶどう》だから、龍《りゅう》におそわれてもどうやって戦《たたか》っていいかわからないんだけれど」

「まあ、細《こま》かいことはおいておいて。とりあえずこの池《いけ》を調《しら》べよう」

天馬君《てんまくん》はぼくのせなかを軽《かる》くぽんとたたくと、両手《りょうて》であみの柄《え》を持《も》ってかまえ、池《いけ》をかこっているレンガに片足《かたあし》を乗《の》せる。

「細《こま》かいことじゃない気《き》が……」

小《ち》さな声《こえ》でもんくを言《い》いながら、ぼくはかくごを決《き》めて身《み》がまえる。

「さあて、何《なに》が出《で》てくるかな」

天馬君《てんまくん》は楽《たの》しそうに言《い》うと、まようことなくあみを池《いけ》につっこんだ。水面《すいめん》の近《ちか》くを泳《およ》いでいた金魚《きんぎょ》たちが四方八方《しほうはっぽう》ににげるのを見《み》ながら、天馬君《てんまくん》はあみを池《いけ》の底《そこ》へとどんどんしずめていった。

「あっ、池《いけ》の底《そこ》にあみがついたみたいだ。それじゃあ、さらってみるよ」

天《てん》馬《ま》君《くん》はシャベルで土《つち》をほるような動《うご》きで、水《みず》の中《なか》からあみをあげていく。

何《なに》が出《で》てくるんだろう。本《ほん》当《とう》に龍《りゅう》が出《で》てきたりするんだろうか。心《しん》臓《ぞう》がドキドキするのを感《かん》じながら、ぼくは池《いけ》の水《すい》面《めん》を見《み》つめつづけた。

天《てん》馬《ま》君《くん》が引《ひ》きあげたあみが水《すい》中《ちゅう》から出《で》てくる。……それを見《み》て、ぼくはほっと息《いき》をついた。龍《りゅう》や大《おお》きなヘビなどがすがたをあらわすことはなかった。かわりに池《いけ》の底《そこ》にたまっていたどろが、あみに入《はい》っていた。

「やっぱり龍《りゅう》なんていなかったみたいだね」

ぼくはむねをなでおろす。

「さあ、どうだろうね。まだわからないよ」

天《てん》馬《ま》君《くん》はくちびるのはじを上《あ》げると、あみを地《じ》面《めん》に置《お》いた。着《き》ているコートの内《うち》ポケットから軍《ぐん》手《て》をとりだして、それをはめた天《てん》馬《ま》君《くん》はしゃがみこむと、両《りょう》手《て》であみの中《なか》に入《はい》っているどろをかき分《わ》けはじめた。

「何《なに》しているの？　きたないよ」
「龍《りゅう》についての手《て》がかりを探《さぐ》っているんだよ。龍《りゅう》じたいはつかまらなくても、
そのあとが残《のこ》っているかもしれないからね」
楽《たの》しそうに答《こた》える天馬君《てんまくん》のかたごしに、ぼくはあみを見《み》る。
「けど、コインにボタン、ビー玉《だま》とかナッツとか、
いろいろ入《はい》っているね。この池《いけ》にゴミを
ポイすてする子《こ》がいたりするのかも。
こまったものだね」

天馬君《てんまくん》がそう言《い》ったとき、どろの中《なか》で何《なに》かがきらりと光《ひか》ったことにぼくは気《き》づいた。

「いま光《ひか》ったの、何《なに》？」

ぼくは声《こえ》をあげる。

「え、光《ひか》ったってどこが？」

「そこだよ。天馬君《てんまくん》の足元《あしもと》」

ぼくが指《ゆび》さすと、天馬君《てんまくん》はそこにあるどろの中《なか》に手《て》をつっこんで、何《なに》かをとりだした。

木《こ》の葉《は》のような形《かたち》をした、うす緑色《みどりいろ》の半《はん》とうめいの物体《ぶったい》。その表面《ひょうめん》には細《こま》かい三角形《さんかくけい》のもようが入《はい》っていてきれいだった。

「何《なに》、それ……？」

ふきつな予感《よかん》をおぼえて、ぼくは声《こえ》をひそめる。

「……うろこ」

そばに立《た》っていた美鈴《みすず》ちゃんが、ぼそりと言《い》った。ぼくは「えっ？　何《なに》？」と反射的《はんしゃてき》に聞《き》きかえした。

「うろこだよ。昨日《きのう》わたしが見《み》た龍《りゅう》の体《からだ》をおおっていたうろこに、それがそっくりなの」

「うろこ……」

ぼう然《ぜん》とつぶやいたぼくの前《まえ》で、天馬君《てんまくん》は「おや」と声《こえ》をあげてもう一度《いちど》、どろの中《なか》に手《て》をつっこんだ。

今度《こんど》は先《さき》っぽがするどくとがった、五《ご》センチくらいの長《なが》さのキバのようなものを天馬君《てんまくん》はとりあげた。

「それってもしかして……」

ぼくがかすれ声《ごえ》で言《い》うと、天馬君《てんまくん》はあごを引《ひ》いた。

「『龍《りゅう》のキバ』ってところかな」

うろことキバが池《いけ》の底《そこ》から見《み》つかった。

本当《ほんとう》にこの池《いけ》には龍《りゅう》がすんでいたのか。
こんらんするぼくを横目《よこめ》に天馬君《てんまくん》はうろことキバを顔《かお》の前《まえ》にかかげると、にやりと笑《え》みをうかべた。
「これはおもしろくなってきたね」

# 7　またぬすまれたおかし

「あっ、あなたたち、もう学校《がっこう》に来《き》ていたんだ」

立《た》ちつくしていたぼくは、急《きゅう》に声《こえ》をかけられてびくっと体《からだ》をふるわせる。ふりかえると、昨日《きのう》と同《おな》じように真理子《まりこ》先生《せんせい》がまどを開《あ》けて顔《かお》をのぞかせていた。

「ちょうどよかった。ちょっとこっちに来《き》てくれない？」

真理子《まりこ》先生《せんせい》は手《て》まねきをした。

「いや、いまはちょっと、龍《りゅう》のうろことキバを見《み》つけたんで……」

ことわろうとするぼくの言葉《ことば》をさえぎるように、天馬《てんま》君《くん》は「何《なに》があったんですか？」とうろことキバを手《て》にしたまま、足早《あしばや》に校舎《こうしゃ》に近《ちか》づいていった。

「やっぱりつくえに置《お》いていたクッキーがぬすまれているの。もうわけがわからない」

真理子先生《まりこせんせい》は弱々《よわよわ》しく首《くび》を横《よこ》にふった。

「ぬすまれたクッキーは、昨日《きのう》、職員室《しょくいんしつ》のカギがかけられるときには、まちがいなくつくえにあったんですか？」

天馬君《てんまくん》のしつもんに、真理子先生《まりこせんせい》は大《おお》きくうなずいた。

「うん、まちがいなくあった。昨日《きのう》、用務員《ようむいん》さんがカギをかけに来《き》たとき、ちゃんと確認《かくにん》したから。ただ、昨日《きのう》は先生《せんせい》たち全員《ぜんいん》が参加《さんか》する会議《かいぎ》があったから、カギをかけたのはいつもより早《はや》くて夕方《ゆうがた》の六時《ろくじ》くらいだったわね」

「けど、今日《きょう》の朝《あさ》にはそのクッキーがなくなっていたんですね」

「そう。ほんの数分前《すうふんまえ》、わたしが先生《せんせい》の中《なか》で一番《いちばん》に学校《がっこう》に来《き》て、用務員《ようむいん》さんに職員室《しょくいんしつ》のとびらのカギを開《あ》けてもらったの。そうして自分《じぶん》のつくえに行《い》ったらもうクッキーはなくなっていた」

「つまり、カギがかかって密室《みっしつ》になっているあいだに、職員室《しょくいんしつ》からまたおかしがぬすまれたということか。それは興味深《きょうみぶか》い……」

考《かんが》えこむ天馬君《てんまくん》の足元《あしもと》に、ぼくはしせんを落《お》とす。

「こっちのワナにはあとは残《のこ》っていないね。ということは、そこの換気用《かんきよう》の小《ちい》さなまどから犯人《はんにん》が出入《ではい》りしたわけじゃないんだね」

ぼくがつぶやくと、天馬君《てんまくん》は「え⁉」と急《きゅう》に大《おお》きな声《こえ》を出《だ》した。

「ど、どうしたの？」

おどろくぼくのしつもんに答《こた》えることなく、

「これを持《も》っていて！」と龍《りゅう》のうろことキバをおしつけてくる。わけがわからないまま、うろことキバを受《う》けとったぼくの前《まえ》で、天馬君《てんまくん》

はしゃがみこむと、コートの内《うち》ポケットからプラスチック製《せい》の試験管《しけんかん》と小《こ》びんをとりだした。地面《じめん》にまかれている白《しろ》いこなをひとつまみとって試験管《しけんかん》に入《い》れた天馬君《てんまくん》は、小《こ》びんのふたを外《はず》し、中《なか》に入《はい》っているあやしい液体《えきたい》を注《そそ》ぎこんだ。しゅわしゅわとあわを立《た》てながら、こなは液体《えきたい》にとけていく。

「この反応《はんのう》、落《お》ちていた白《しろ》いこなは石膏《せっこう》カルシウムの可能性《かのうせい》が高《たか》いね」

「せっこうかるしうむ？　それって何《なに》？　何《なに》かきけんなものなの？」

不安《ふあん》になって、ぼくはしつもんする。天馬君《てんまくん》はかたをすくめた。

「ううん、チョークの成分《せいぶん》だよ。つまり、ここにまかれている白《しろ》いこなは、チョークのこなだということだ」

天馬君《てんまくん》の答《こた》えに、ぼくはずっこけそうになる。

「そりゃそうだよ。天馬君《てんまくん》が昨日《きのう》、ぼくたちの目《め》の前《まえ》でチョークのこなをまいたんじゃないか」

「そう、ぼくが昨日《きのう》チョークのこなをまいた。つまり……」

天馬君《てんまくん》はゆっくりと立《た》ちあがると、目《め》をとじる。

十数秒後《じゅうすうびょうご》、天馬君《てんまくん》はまぶたをあげると満面《まんめん》の笑《え》みをうかべた。

「なるほど！　そういうことか」

「そういうことかって、何《なに》かわかったの？　『龍《りゅう》のすむ池事件《いけじけん》』のこと？　それとも、『密室《みっしつ》の職員室事件《しょくいんしつじけん》』のこと？」

ぼくが早口《はやくち》でたずねると、天馬君《てんまくん》はむねをはった。

「両方《りょうほう》さ」

「両方《りょうほう》!?」

ぼくは耳《みみ》をうたがう。

「そう、ふたつの事件《じけん》はまったく別《べつ》のように見《み》えて、実《じつ》は一連《いちれん》の犯行《はんこう》だったのさ」

天馬君《てんまくん》は歌《うた》うように言《い》ったあと、コートのえりを直《なお》してほほ笑《え》んだ。

「さて、あれを宣言《せんげん》するシーンかな」

ぼくは読者《どくしゃ》に挑戦《ちょうせん》する。

『龍《りゅう》のすむ池《いけ》事《じ》件《けん》』の真《しん》相《そう》を
明《あき》らかにするための手《て》がかりは
すべてしめされた。

池《いけ》の底《そこ》の『龍《りゅう》』は
なぜそこにいたのか。

そして、だれが、どうやって、
密室《みっしつ》のはずの職員室《しょくいんしつ》から
おかしをぬすんでいたのか。

ぜひ読者《どくしゃ》のみんなにも解《と》き明《あ》かしてほしい。
これは読者《どくしゃ》への挑戦状《ちょうせんじょう》である。
キミたちのよき推理《すいり》をいのる。

# 8 龍《りゅう》の正体《しょうたい》

「おーい、天馬君《てんまくん》。何《なに》しているの?」

ぼくが声《こえ》をかけると、コートと鹿《しか》うちぼうの『名探偵《めいたんてい》スタイル』の天馬君《てんまくん》が、頭《あたま》をかきながら小屋《こや》から出《で》てきた。

「ごめんごめん、ちょっと準備《じゅんび》があってね」

「準備《じゅんび》って、『龍《りゅう》のすむ池事件《いけじけん》』のナゾを解《と》くのに必要《ひつよう》なこと?」

ぼくのしつもんに天馬君《てんまくん》は「うーん」とちょっと考《かんが》えこむ。

「いや、必要《ひつよう》かと言《い》われるとそんなことないな。うまくいったら説得力《せっとくりょく》が出《で》るだろうけど、そもそも成功《せいこう》するかどうか、ぼくにも自信《じしん》ないしなぁ」

天馬君《てんまくん》はよくわからないことをつぶやきながら、すたすたと池《いけ》に近《ちか》づいていていく。そこには、美鈴《みすず》ちゃんと真理子《まりこ》先生《せんせい》が待《ま》っていた。

天馬君《てんまくん》が『読者《どくしゃ》への挑戦《ちょうせん》』を宣言《せんげん》した日《ひ》の夕方《ゆうがた》、授業《じゅぎょう》が終《お》わったぼくたちは天馬君《てんまくん》の推理《すいり》を聞《き》くために『龍《りゅう》のすむ池《いけ》』にやってきていた。まだ午後六時《ごごろくじ》すぎだけれど、冬《ふゆ》で日《ひ》が短《みじか》くなっているので、すでに太陽《たいよう》はしずんでいてあたりはうす暗《ぐら》かった。

いつものように、事件《じけん》の真相《しんそう》を天馬君《てんまくん》はまだまったく教《おし》えてくれていない。それどころか、昼休《ひるやす》みは「ちょっと調《しら》べることがあるから」と、ひとりで図書《としょ》館《かん》に行《い》ってしまっていた。

「さて、それじゃあ始《はじ》めましょうか」

天馬君《てんまくん》は両手《りょうて》を合《あ》わせる。パンッと小気味《こきみ》いい音《おと》がひびいた。

「ねえ、本当《ほんとう》に職員室《しょくいんしつ》からおかしをぬすんだ犯人《はんにん》がわかったの？　でも、あらためて今日《きょう》、職員室《しょくいんしつ》のなかをいろいろ調《しら》べてみたけれど、夜《よる》にしのびこめるような入《い》り口《ぐち》なんて、どこにも見《み》つからなかったのよ」

真理子先生《まりこせんせい》は開《あ》いたまどから、職員室《しょくいんしつ》の中《なか》をのぞきこむ。もう先生《せんせい》たちもほとんど帰《かえ》っていて、職員室《しょくいんしつ》はがらんとしていた。

「ドアもまども全部《ぜんぶ》カギがかかっていたんだから、どこからも入《はい》れないよ。やっぱり犯人《はんにん》なんていなくて、おかしがぬすまれたのとかは気《き》のせいだったんじゃない？」

美鈴《みすず》ちゃんが横目《よこめ》で天馬君《てんまくん》を見《み》る。

「そんなことないよ。外《そと》から職員室《しょくいんしつ》に入《はい》るための通路《つうろ》はちゃんとあるじゃないか」

天馬君《てんまくん》はしばいじみたしぐさで両手《りょうて》を大《おお》きく広《ひろ》げた。

「通路《つうろ》!?　職員室《しょくいんしつ》のどこかに、にんじゃやしきみたいなかくし通路《つうろ》があるっていうこと!?」

この前《まえ》アニメで見《み》た、あるしかけで通路《つうろ》がとつぜんあらわれるからくりを思《おも》いだして、声《こえ》が大《おお》きくなってしまう。

「いやいや、通路《つうろ》はかくされてなんかいないよ。それどころか、すぐ目《め》の前《まえ》にあるんだ。そこだよ」

天馬君《てんまくん》は地面《じめん》の近《ちか》くを指《ゆび》さす。そこには昨日《きのう》、空良君《そらくん》が入《はい》れるかどうか確認《かくにん》した、換気用《かんきよう》の小《ちい》さなまどがあった。

「え、そこのまどのことなの？」

ぼくはこんらんしてまばたきをする。真理子先生《まりこせんせい》も目《め》を大《おお》きくしていた。

そのとき、美鈴《みすず》ちゃんが「それはおかしいよ！」と声《こえ》をはりあげる。

「だって、そのまどの前《まえ》の地面《じめん》には、天馬君《てんまくん》が昨日《きのう》、チョークのこなをまいて作《つく》ったワナがあるじゃない。もし、そこから犯人《はんにん》が職員室《しょくいんしつ》に入《はい》ったなら足《あし》あとが残《のこ》るはずでしょ。でもそんなものないよ」

美鈴《みすず》ちゃんの言《い》うとおり、まどの外《そと》にまかれたこなには足《あし》あとがなかった。

「たしかに昨日《きのう》、天馬君《てんまくん》がこなをまいたときのままだね。ということは、やっぱりここから犯人《はんにん》が職員室《しょくいんしつ》に入《はい》ったっていうのはちがうんじゃない？」

ぼくが言《い》うと、天馬君《てんまくん》はひとさし指《ゆび》を左右《さゆう》にふった。

「逆《ぎゃく》だよ、陸君《りくくん》。このワナが最初《さいしょ》のままの状態《じょうたい》であることこそが、『犯人《はんにん》』がここから職員室《しょくいんしつ》に入《はい》ったという、明《あき》らかなしょうこなんだ」

「え……？　どういうこと……？」

なぞなぞのような天馬君《てんまくん》の言葉《ことば》に、ぼくは首《くび》をひねる。

「思《おも》いだしてごらんよ、ぼくたちが神社《じんじゃ》に行《い》ったあと、何《なに》があったのか」

「神社《じんじゃ》に行《い》ったあと……」

ぼくはつぶやきながら昨日《きのう》のできごとを思《おも》いだす。次《つぎ》のしゅんかん、ぼくは大《おお》きく息《いき》をのんだ。

「雨《あめ》だ！　雨《あめ》がふった！」

「そのとおり」

天馬君《てんまくん》はぱちんっと指《ゆび》を鳴《な》らした。

「ぼくがチョークのこなをまいてワナを作《つく》ったあと、雨《あめ》がふったんだ。そうなるとワナがきれいに残《のこ》っているのはおかしいよね。本当《ほんとう》ならチョークのこなは雨《あめ》で洗《あら》い流《なが》されているはずだから」

「じゃあ、なんでチョークのこながまだ残《のこ》っているの？」

ぼくが頭《あたま》に手《て》を当《あ》てると、天馬君《てんまくん》は「そんなのかんたんじゃないか」と目《め》を細《ほそ》めた。

「犯人《はんにん》の足《あし》あとを消《け》すために、チョークのこなをまき直《なお》した人物《じんぶつ》がいるからだよ」

「じゃあやっぱり犯人《はんにん》は、この小《こ》まどから職員室《しょくいんしつ》に出入《でい》りしておかしをぬすんでいたの？」

真理子先生《まりこせんせい》がたずねると、天馬君《てんまくん》はうなずいた。

「そうです。そして昨日《きのう》も同《おな》じように、通《とお》り雨《あめ》がやんだあと、犯人《はんにん》はこのまどから職員室《しょくいんしつ》にしんにゅうして、真理子先生《まりこせんせい》のつくえからクッキーをぬすんでいった。けれどそのとき犯人《はんにん》は、まどの外《そと》のぬれた地面《じめん》に足《あし》あとを残《のこ》してしまった。それに気《き》づいた『共犯者《きょうはんしゃ》』が、足《あし》あとを消《け》し、あらためてチョークのこなをまき直《なお》してしょうこをかくす、『いんぺい工作《こうさく》』をしたんですよ」

「待《ま》って。共犯者《きょうはんしゃ》ってどういうこと⁉　犯人《はんにん》はひとりじゃないの？」

真理子先生《まりこせんせい》の声《こえ》が大《おお》きくなる。

「ええ、ちがいます。共犯者《きょうはんしゃ》は犯人《はんにん》をかばうために昨日《きのう》の夜《よる》、チョークのこなをまき直《なお》して、犯人《はんにん》の足《あし》あとを消《け》したんですよ」

天馬君《てんまくん》の説明《せつめい》にこんらんしたのか、真理子先生《まりこせんせい》はおでこをおさえた。

「どうして足《あし》あとを消《け》したのが犯人《はんにん》じゃなくて、ほかの人《ひと》だってわかるの？もしかしたら犯人《はんにん》が自分《じぶん》で足《あし》あとを消《け》したのかもしれないじゃない」

「真理子先生《まりこせんせい》、昨日《きのう》、空良君《そらくん》でもその換気用《かんきよう》の小《こ》まどから入《はい》ることはできなかったことを思《おも》いだしてください。つまり、おかしをぬすんだ犯人《はんにん》は一年生《いちねんせい》よりももっと小《ちい》さいということになる。そんな小《ちい》さな子《こ》が、この名探偵《めいたんてい》であるぼくがしかけたワナに気《き》づき、いんぺい工作《こうさく》をするなんてこと、できると思《おも》いますか？」

「それは……、むずかしいかもしれないけれど……」

真理子《まりこ》先生《せんせい》は歯切《はぎ》れ悪《わる》く答《こた》える。

「完全《かんぜん》には納得《なっとく》できないという顔《かお》ですね。でもだいじょうぶです。これからちゃんと説明《せつめい》していきますから」

自信満々《じしんまんまん》に言《い》う天馬君《てんまくん》に、ぼくはおずおずと声《こえ》をかける。

「ねえ、天馬君《てんまくん》。このまどのところにあるワナがまき直《なお》したものだっていうことは、あの池《いけ》のまわりのレンガに残《のこ》っている、龍《りゅう》がはったあとも？」

「もちろん共犯者《きょうはんしゃ》のいんぺい工作《こうさく》のひとつさ」

「龍《りゅう》が本当《ほんとう》にいたと見《み》せかけるために、あとを残《のこ》したってこと？　でも、なんでその共犯者《きょうはんしゃ》は、そんなことをしたの？」

天馬君《てんまくん》は「そうだねぇ……」と少《すこ》しだけ考《かんが》えこむ。

「そうすることでぼくの捜査《そうさ》をこんらんさせて、真犯人《しんはんにん》から目《め》をそらすことができると思《おも》ったんじゃないかな。もしくは本当《ほんとう》に龍《りゅう》がいると思《おも》わせて、ぼくたちをこわがらせて捜査《そうさ》をやめさせようとしたのか」

「え？　それじゃあ『龍《りゅう》のすむ池事件《いけじけん》』にも、『密室《みっしつ》の職員室事件《しょくいんしつじけん》』の犯人《はんにん》がかかわっているっていうこと？」

「だから、朝《あさ》そう言《い》ったじゃないか。『ふたつの事件《じけん》は一連《いちれん》の犯行《はんこう》だった』ってさ。もちろん犯人《はんにん》も同《おな》じだよ」

楽《たの》しそうな天馬君《てんまくん》の言葉《ことば》を聞《き》いて、ぼくは頭《かぶり》をふる。

「でもさ、おかしをぬすむのと、池《いけ》に龍《りゅう》を入《い》れてみんなをおどろかせるのって、全然《ぜんぜん》ちがう事件《じけん》じゃないかな。本当《ほんとう》にそれを同《おな》じ犯人《はんにん》がやったの？」

「たしかに、全然《ぜんぜん》ちがう事件《じけん》のように見《み》えるね。けど実《じつ》は、このふたつの事《じ》件《けん》の根《ね》っこはまったく同《おな》じものなんだよ。それを解《と》き明《あ》かすためのヒントは、第三《だいさん》の事件《じけん》にある」

天馬君《てんまくん》は、顔《かお》の前《まえ》で指《ゆび》を三本立《さんぼんた》てた。

「第三《だいさん》の事件《じけん》⁉」

ぼくの声《こえ》が大《おお》きくなる。

ふたつの事件《じけん》だけでもわけがわからないのに、ほかにも事件《じけん》があるっていうのだろうか。頭《あたま》がこんがらがって熱《ねつ》が出《で》てきそうだった。

「『龍《りゅう》のすむ池事件《いけじけん》』と『密室《みっしつ》の職員室事件《しょくいんしつじけん》』のほかにも事件《じけん》が起《お》こっているっていうの⁉」

ぼくがたずねると、天馬君《てんまくん》はあきれ顔《がお》になる。

「何《なに》を言《い》っているんだい、陸君《りくくん》。昨日《きのう》、ぼくたちはいっしょにその事件現場《じけんげんば》に行《い》ったじゃないか」

「……もしかして、神社《じんじゃ》で動物《どうぶつ》の像《ぞう》がぬすまれた事件《じけん》のこと？」

「そのとおり！」

天馬君《てんまくん》はうれしそうにぼくを指《ゆび》さした。

「え、なんの話《はなし》?」

神社《じんじゃ》の事件《じけん》のことを知《し》らない真理子先生《まりこせんせい》が、目《め》を白黒《しろくろ》させる。

「昨日《きのう》、神社《じんじゃ》にどろぼうが入《はい》って、動物《どうぶつ》の像《ぞう》がぬすまれたんです。つまり、この職員室《しょくいんしつ》のほかにも、近《ちか》くで盗難事件《とうなんじけん》が発生《はっせい》していたということです」

天馬君《てんまくん》が説明《せつめい》すると、真理子先生《まりこせんせい》は「そうなんだ……」と息《いき》をのんだ。

「けどさ、おかしをぬすむのと、動物《どうぶつ》の像《ぞう》をぬすむのじゃ、同《おな》じ盗難事件《とうなんじけん》でも全然《ぜんぜん》ちがうものなんじゃないの?」

ぼくが口《くち》をはさむと、天馬君《てんまくん》はひとさし指《ゆび》を左右《さゆう》にふった。

「陸君《りくくん》、もっと細《こま》かいところまで気《き》をつけて事件《じけん》を見《み》なくちゃ。思《おも》いだしてごらん。昨日《きのう》、雨《あま》もりがしてきたら神主《かんぬし》さんたちがあわてて社《やしろ》の中《なか》に飛《と》びこんできたでしょ。それに、あの像《ぞう》の近《ちか》くにはアリがたくさんいた。そうだね?」

「う、うん……。そうだけど……」

天馬君《てんまくん》が何《なに》を言《い》いたいのかわからず、ぼくはあいまいに答《こた》える。

「そこにこそ、昨日《きのう》、キミが口《くち》にした『この像《ぞう》って何《なに》でできているんだろう？』っていう疑問《ぎもん》の答《こた》えが見《み》えてくる」

「アリと雨《あま》もりから？」

ぼくが首《くび》をひねると、天馬君《てんまくん》は「ああ、そうだよ」と、にっこりほほ笑《え》んだ。

「雨《あま》もりであんなに大《おお》さわぎしたということは、あの像《ぞう》は絶対《ぜったい》にぬらしちゃいけないということさ。そこから、あの像《ぞう》は水《みず》にぬれたらとけてしまう物質《ぶっしつ》でできている可能性《かのうせい》が高《たか》いということがわかる。ここまではいいね」

ぼくが小《ちい》さく首《くび》をたてにふると、天馬君《てんまくん》は説明《せつめい》を続《つづ》ける。

「次《つぎ》に、像《ぞう》を置《お》いたテーブルの下《した》にアリがいた理由《りゆう》。これは単純《たんじゅん》だよね。アリが集《あつ》まるのは食《た》べものに決《き》まっている。とくにあまいものがアリの大好物《だいこうぶつ》だ」

そこで言葉《ことば》を切《き》った天馬君《てんまくん》は、ぼくを見《み》つめてきた。

「さて、ぬれたらとけちゃって、あまくて、ガラスみたいにとうめいできれいなおかしってなーんだ？」

なぞなぞのような天馬君《てんまくん》の言葉《ことば》を聞《き》いて、ぼくは必死《ひっし》に考《かんが》えこむ。次《つぎ》のしゅんかん、頭《あたま》の中《なか》にビー玉《だま》のようなおかしがうかんできて、ぼくは目《め》を見開《みひら》いた。

「アメ玉《だま》！」

「大正解《だいせいかい》！　そう、アメだよ。アメ細工《ざいく》っていって、砂糖《さとう》でできたアメを熱《ねっ》でとかして、いろいろな形《かたち》にする芸術《げいじゅつ》があるんだよ」

「じゃあ、神社《じんじゃ》にあった動物《どうぶつ》の像《ぞう》は、全部《ぜんぶ》アメでできていたの!?」

いまにも動《うご》きだしそうなほど、リアルに作《つく》られていた像《ぞう》を思《おも》いだして、ぼくはおどろく。

「そうだよ、すごいよね。きっと職人《しょくにん》さんががんばって作《つく》ったんだ。そんな大切《たいせつ》なものがぬすまれたりしたら、神主《かんぬし》さんたちがこまるのも当然《とうぜん》だよね」

「つまり、職員室《しょくいんしつ》と神社《じんじゃ》の盗難《とうなん》は、同《おな》じ犯人《はんにん》があまいものをぬすんだ事件《じけん》ってことね」

真理子先生《まりこせんせい》がこれまでの説明《せつめい》をまとめた。

「そんないろいろなところで、あまいものをぬすんでいる犯人《はんにん》がいるの⁉　でも、あまいものがぬすまれる事件《じけん》と、池《いけ》の底《そこ》に龍《りゅう》がいた事件《じけん》。そのふたつがどう関係《かんけい》しているのか、やっぱりまだわからないんだけれど」

ぼくが言《い》うと、天馬君《てんまくん》は大《おお》きくかたをすくめた。

「じゃあ、もうひとつだけヒントをあげる。よく考《かんが》えてごらんよ。神社《じんじゃ》からぬすまれたアメ細工《ざいく》、それはなんの動物《どうぶつ》の像《ぞう》だったと思《おも》う？」

「なんの動物《どうぶつ》の像《ぞう》って、そんなことわかるわけないじゃないか」

「いいや、わかるんだよ。思《おも》いだして。あの社《やしろ》には十一体《じゅういったい》の像《ぞう》が残《のこ》っていた。ひとつぬすまれたから、もともとは十二体《じゅうにたい》あったはずだ。十二《じゅうに》という数字《すうじ》と、どんな動物《どうぶつ》の像《ぞう》が残《のこ》っていたか、そこから気《き》づくことがあるはずだよ」

「十二《じゅうに》と、残《のこ》っていた動物《どうぶつ》……」

ぼくは目《め》をとじて、昨日《きのう》の記憶《きおく》をさぐる。頭《あたま》の中《なか》に昨日《きのう》見《み》た動《どう》物《ぶつ》の像《ぞう》が次々《つぎつぎ》にうかびあがってくる。

ヒツジ、トラ、イノシシ、ウマ、トリ、ヘビ、イヌ、ネズミ、サル、ウサギ、ウシ……。

「あれ？」

ぼくは目《め》をつぶったまま声《こえ》をもらす。何《なに》かがひらめきそうな予《よ》感《かん》がした。

「ちなみに、ネコがいないのにトラがいたのが大《おお》きなヒントだね。ネコは残念《ざんねん》ながら十二《じゅうに》体《たい》の中《なか》にはなかったからね」

天馬《てんま》君《くん》がいたずらっぽく言《い》ったしゅんかん、ぼくは大《おお》きく目《め》を見《み》開《ひら》いた。

「干支《えと》！」

「ご名答《めいとう》。そのとおりだよ」

天馬君《てんまくん》ははくしゅをしだした。

「干支《えと》は子《ね》（ネズミ）、丑《うし》、寅《とら》、卯《う》（ウサギ）、辰《たつ》（リュウ）、巳《み》（ヘビ）、午《うま》、未《ひつじ》、申《さる》、酉《とり》、戌《いぬ》、亥《い》（イノシシ）の十二体《じゅうにたい》の動物《どうぶつ》がいる。神社《じんじゃ》に置《お》かれていた像《ぞう》のうち、ぬすまれたのはなんだったと思《おも》う？」

「ぬすまれたの……」

ぼくはアメ細工《ざいく》の動物《どうぶつ》たちをもう一度《いちど》思《おも》いだす。干支《えと》の動物《どうぶつ》の中《なか》で、あそこになかったのは……。そこまで考《かんが》えたとき、ぼくは大《おお》きく息《いき》をのんだ。

「辰《たつ》！　辰《たつ》がなかった！　じゃあ……」

ぼくが口元《くちもと》に手《て》を当《あ》てて言葉《ことば》をうしなうと、天馬君《てんまくん》は「わかったようだね」と目《め》を細《ほそ》める。

「『辰《たつ》』っていうのは『龍《りゅう》』のことだよね。つまり、昨日《きのう》の朝《あさ》、そこの池《いけ》の底《そこ》にいた『龍《りゅう》』は、神社《じんじゃ》からぬすまれたアメ細工《ざいく》の『辰《たつ》』の像《ぞう》だったのさ」

# 9 意外《いがい》な共犯者《きょうはんしゃ》

「龍《りゅう》が池《いけ》に落《お》とされたのは、たぶん昨日《きのう》の早朝《そうちょう》なんだろうね。そして、金《きん》魚当番《ぎょとうばん》だった空良君《そらくん》がそれを見《み》つけてさわぎになった。けれど、アメでできているから当然《とうぜん》、時間《じかん》がたてば水《みず》にとけていってしまう。だから昼休《ひるやす》みにぼくたちが確認《かくにん》しにいったときは、もうとけきってしまって見《み》つからなかったっていうわけさ」

池《いけ》の中《なか》にいた龍《りゅう》が、神社《じんじゃ》からぬすまれたアメ細工《ざいく》だったというおどろきの真相《しんそう》にぼう然《ぜん》としているぼくたちの前《まえ》で、天馬君《てんまくん》はどんどん説明《せつめい》をしていく。

「ちょっ、ちょっと待《ま》ってよ」

ぼくはあわてて天馬君《てんまくん》を止《と》めた。

「美鈴《みすず》ちゃんと空良君《そらくん》が見《み》た龍《りゅう》が、神社《じんじゃ》からぬすまれたものだっていうことはわかったよ。でも、どうしてそれが池《いけ》の中《なか》にあったの？　犯人《はんにん》は食《た》べるためにアメ細工《ざいく》の像《ぞう》とか、職員室《しょくいんしつ》にあったおかしをぬすんだんじゃないの？」

「もちろん食《た》べるためにぬすんだんだよ。けれど、まちがって池《いけ》の中《なか》に落《お》としちゃったんだよ」

「でも、食《た》べるためなら、わざわざこんなところまで持《も》ってくる理由《りゆう》なんてないじゃないか」

「いいや、『犯人《はんにん》』にはどうしてもここに持《も》ってこないといけない理由《りゆう》があったんだよ」

「持《も》ってこないといけない理由《りゆう》……」

ぼくは両手《りょうて》で頭《あたま》をかかえる。

ようやく池《いけ》の中《なか》にいた龍《りゅう》の正体《しょうたい》がわかったというのに、また新《あたら》しいナゾが出《で》てきた。あまりにもふくざつな事件《じけん》に頭《あたま》がいたくなってくる。

「その理由《りゆう》って何《なに》？　犯人《はんにん》はだれなの？　早《はや》く教《おし》えて」

真理子先生《まりこせんせい》が天馬君《てんまくん》をせかした。

「先生《せんせい》、そんなにあせらないでください。犯人《はんにん》の正体《しょうたい》を明《あき》らかにするには、まず共犯者《きょうはんしゃ》がだれなのかをつきとめる必要《ひつよう》があるんです」

「共犯者《きょうはんしゃ》？　犯人《はんにん》の足《あし》あとを消《け》そうとした人《ひと》のことね」

真理子先生《まりこせんせい》がたしかめると、天馬君《てんまくん》は「そうです」とあごを引《ひ》いた。

「でも、だれがそれをしたのかなんてわかるの？　チョークのこなをまくなんて、だれにでもできるんじゃない？」

ぼくは首《くび》をひねる。

「そんなことないよ。よく考《かんが》えてごらん。昨日《きのう》、雨《あめ》がふったのは午後五時前《ごごごじぜん》後《ご》だ。ほとんどの子《こ》は、もう下校《げこう》していたはずだよ」

「先生《せんせい》か、クラブ活動《かつどう》で校内《こうない》に残《のこ》っていた児童《じどう》のだれかってこと？」

真理子先生《まりこせんせい》は口元《くちもと》に手《て》を当《あ》てる。

「その可能性《かのうせい》が高《たか》いです。部外者《ぶがいしゃ》が小学校《しょうがっこう》に入《はい》ってきたら目立《めだ》ちますから」

「でも、それだけじゃ全然《ぜんぜん》しぼりこめない。だれが共犯者《きょうはんしゃ》かまではわからないじゃない？」

ぼくの問《と》いに、天馬君《てんまくん》は「そんなことはないよ」と顔《かお》の横《よこ》でひとさし指《ゆび》を立《た》てた。

「ほかにも共犯者《きょうはんしゃ》がだれなのかつきとめるための、大《おお》きな手《て》がかりがあるんだ」

「手《て》がかり!?　それって何《なに》？」

ぼくが前《まえ》のめりになってたずねると、天馬君《てんまくん》はゆっくりと口《くち》を開《ひら》いた。

「共犯者《きょうはんしゃ》がチョークのこなをまいたことさ」

「え、どういうこと？」

意味《いみ》がわからなくて、ぼくは聞《き》き返《かえ》す。

「だから、犯人《はんにん》の足《あし》あとをかくすために共犯者《きょうはんしゃ》があらためてチョークのこなをまいたこと。それこそが共犯者《きょうはんしゃ》がだれなのかをしめしているんだ」

「え、でも天馬君《てんまくん》のワナと同《おな》じものを作《つく》るなら、チョークのこなを使《つか》うのが当然《とうぜん》じゃないかな」

「そこだよ！」

天馬君《てんまくん》はとつぜん大《おお》きな声《こえ》を出《だ》して、ぼくを指《ゆび》さす。

「そこって……、どこ？」

おどろいたぼくは、思《おも》わずのけぞってしまった。

「たしかにぼくのワナを正確《せいかく》に再現《さいげん》するためには、チョークのこなを使《つか》う必要《ひつよう》がある。でも共犯者《きょうはんしゃ》はどうして昨日《きのう》、ぼくがまいた白《しろ》いものがチョークのこなだってわかったのかな？」

天馬君《てんまくん》が何《なに》を言《い》いたいかを理解《りかい》して、ぼくは「あっ」と声《こえ》をあげる。

「気《き》づいたみたいだね。そう、見《み》ただけじゃあのワナが何《なに》でできているのか、わからないはずなんだ。塩《しお》かもしれないし、小麦粉《こむぎこ》かもしれない、せんざいとかの可能性《かのうせい》だってあったはずだ。けれど共犯者《きょうはんしゃ》はちゃんとチョークのこなをまいた。つまりその人物《じんぶつ》は、ぼくがここにチョークのこなでワナを作《つく》ったときいっしょにいて、それを見《み》ていたってことだよ」

「あのときいっしょにいて、雨《あめ》がふったときにまだ学校《がっこう》にいた……。それって……」

ぼくの頭《あたま》にとある人物《じんぶつ》が思《おも》いうかび、声《こえ》がかすれてしまう。

天馬君《てんまくん》はうなずくと、ゆっくりとその人物《じんぶつ》を指《ゆび》さした。

ぼくのそばに立《た》つ美鈴《みすず》ちゃんを。

「キミこそが共犯者《きょうはんしゃ》だよ。神山美鈴君《かみやまみすずくん》」

# 10 きれい好《ず》きの犯《はん》人《にん》

「美《み》鈴《すず》ちゃんが……、共《きょう》犯《はん》者《しゃ》……」

ぼくはあぜんとして立《た》ちつくす。

天《てん》馬《ま》君《くん》に指《ゆび》さされた美《み》鈴《すず》ちゃんは、いまにも泣《な》きそうな表《ひょう》情《じょう》でだまりこんでいた。そういえば、いつもはよくしゃべる美《み》鈴《すず》ちゃんが、今《きょ》日《う》はやけに静《しず》かだ。それに、朝《あさ》に天《てん》馬《ま》君《くん》に「やっぱりやめない？」と、捜《そう》査《さ》をやめさせようとしていた。でも……。

「でも、それはおかしいよ」

ぼくは天《てん》馬《ま》君《くん》に言《い》う。

「だって、『龍《りゅう》のすむ池《いけ》事《じ》件《けん》』を調《しら》べてほしいって言《い》いだしたのは、美《み》鈴《すず》ちゃんだよ。もし美鈴《みすず》ちゃんが共犯者《きょうはんしゃ》で、犯人《はんにん》をかばおうとしていたなら、そもそも調《しら》べようって言《い》うわけないじゃないか」

天馬君《てんまくん》は「いい質問《しつもん》だね」と、くちびるのはじをあげた。

「そう、たしかに美鈴君《みすずくん》が犯人《はんにん》の仲間《なかま》なら、そもそも名探偵《めいたんてい》であるぼくに捜査《そうさ》を依頼《いらい》するのはおかしい。さて、美鈴君以外《みすずくんいがい》に共犯者《きょうはんしゃ》は考《かんが》えられないのに、その美鈴君《みすずくん》が昨日《きのう》、共犯者《きょうはんしゃ》としては考《かんが》えられない行動《こうどう》をとっていた。そこから導《みちび》きだされる答《こた》えはひとつだよ」

天馬君《てんまくん》は顔《かお》の前《まえ》で、ひとさし指《ゆび》を立《た》てる。

「美鈴君《みすずくん》が共犯者《きょうはんしゃ》になったのは、昨日《きのう》の放課後《ほうかご》、ぼくたちと別《わか》れたあとだったのさ」

「ぼくたちと別《わか》れたあとに、共犯者《きょうはんしゃ》になった？」

意味《いみ》がわからなくて、ぼくは聞《き》きかえした。

「昨日《きのう》、ぼくと陸君《りくくん》は用事《ようじ》があったから、チョークのこなでワナを作《つく》ったあと、すぐに学校《がっこう》を出《で》た。けれど美鈴君《みすずくん》は『龍《りゅう》のすむ池事件《いけじけん》』の手《て》がかりをつかもうと、ひとりでこの池《いけ》の近《ちか》くに残《のこ》った。体《たい》そう教室《きょうしつ》に行《い》くちょっと前《まえ》までね。そして、そのときに見《み》たのさ」

「見《み》たって、何《なに》を？」

事件《じけん》の真相《しんそう》にせまっている予感《よかん》をおぼえて、ぼくは前《まえ》のめりになる。

「もちろん、『犯人《はんにん》』が換気用《かんきよう》の小《こ》まどから職員室《しょくいんしつ》に入《はい》って、クッキーをぬすみだすところをさ。そうだよね」

天馬君《てんまくん》は美鈴《みすず》ちゃんに声《こえ》をかける。

美鈴《みすず》ちゃんはかたい表情《ひょうじょう》でうつむいたまま、何《なに》も答《こた》えなかった。そのすがたを見《み》てぼくは、天馬君《てんまくん》の推理《すいり》が当《あ》たっていることに気《き》づく。

「クッキーがぬすまれた現場《げんば》を目《もく》げきした美鈴君《みすずくん》は、すべてに気《き》づいた。池《いけ》の底《そこ》にいた龍《りゅう》も、その『犯人《はんにん》』のしわざだってね」

「え、それはおかしくない？」

だまって話《はなし》を聞《き》いていた真理子先生《まりこせんせい》が、口《くち》をはさんだ。

「だってその龍《りゅう》がアメ細工《ざいく》でできていて、食《た》べられるものだったって美鈴《みすず》ちゃんは知《し》らなかったはずでしょ。それなら、クッキーをぬすまれたのを見《み》たって、『龍《りゅう》のすむ池事件《いけじけん》』まで同《おな》じ犯人《はんにん》がやったことだとは思《おも》わないんじゃないの？」

「ええ、たしかにクッキーをぬすみだしたところを見《み》ただけでは、『犯人《はんにん》』が『龍《りゅう》のすむ池事件《いけじけん》』にまで関係《かんけい》しているとは気《き》づかなかったでしょう。けれど、美鈴君《みすずくん》は目《もく》げきしてしまったんです。職員室《しょくいんしつ》から出《で》てきた『犯人《はんにん》』がとった行《こう》動《どう》を」

天馬君《てんまくん》はもったいをつけるように言葉《ことば》を切《き》った。

「犯人《はんにん》がとった行動《こうどう》って何《なに》？　早《はや》く教《おし》えて」

真理子先生《まりこせんせい》にうながされた天馬君《てんまくん》は、顔《かお》の前《まえ》に置《お》いていたひとさし指《ゆび》で池《いけ》をさした。

「『犯人《はんにん》』はあの池《いけ》にクッキーを入《い》れて、洗《あら》ったんですよ」

「クッキーをあらった⁉」

予想外《よそうがい》の答《こた》えに、ぼくはポカーンと口《くち》を開《あ》けてしまう。

「そうだよ。今日《きょう》の朝《あさ》、池《いけ》の底《そこ》をあみでさらったとき何《なに》が出《で》てきたかな？」

「え、えっと、龍《りゅう》のうろことキバだけど……」

ぼくがおずおずと言《い》うと、天馬君《てんまくん》は首《くび》を横《よこ》にふった。

「重要《じゅうよう》なのはそれじゃなかったんだよ。ぼくたちは、うろことキバのインパクトに目《め》をうばわれて、いちばん大切《たいせつ》な手《て》がかりに気《き》づいていなかったのさ」

天馬君《てんまくん》はすたすたと池《いけ》のそばに近《ちか》づくと、しゃがみこむ。そこには、朝《あさ》に池《いけ》からすくいあげたどろがかわいて、小《ちい》さな土《つち》の山《やま》ができていた。

「うろことキバも、ぼくの捜査《そうさ》をこんらんさせるために美鈴君《みすずくん》が池《いけ》にしずめたものだろうね。いやあ、とっさに身近《みぢか》にあるもので本当《ほんとう》に龍《りゅう》の一部《いちぶ》みたいに見《み》せるなんてすごいよ。さすがはミステリクラブの一員《いちいん》だ」

コートの内《うち》ポケットからとりだしたピンセットで土《つち》の山《やま》をくずしながら、天馬君《てんまくん》が言《い》う。

「あれも美鈴《みすず》ちゃんが作《つく》ったの⁉　でも、いったいどうやって」

「陸君《りくくん》、思《おも》いだしてごらん。今日《きょう》の朝《あさ》、美鈴君《みすずくん》はお気《き》に入《い》りの江戸切子《えどきりこ》のグラスじゃなくて、紙《かみ》コップでジュースを飲《の》んでいたでしょ」

「じゃあ、もしかしてあのグラスを……」

「そう、あれを割《わ》って、うろこみたいに見《み》える破片《はへん》をひろって、池《いけ》にすてたんだよ」

「それじゃあ、キバは？」

「美鈴君《みすずくん》が動物園《どうぶつえん》に行《い》ったときにクジで当《あ》てた、ゾウの置物《おきもの》さ。部室《ぶしつ》に置《お》かれているあのゾウ、さっき確認《かくにん》したらキバが片方《かたほう》なくなっていたよ」

天馬君《てんまくん》は、ピンセットで土《つち》の中《なか》をさぐりながら言《い》う。

大切《たいせつ》にしていたグラスと置物《おきもの》。なんで美鈴《みすず》ちゃんはそれをこわしてまで犯人《はんにん》をかばおうとしているのだろう？　こんらんするぼくが頭《あたま》に手《て》を当《あ》てていると、天馬君《てんまくん》は「あった！」と声《こえ》をあげた。

天馬君《てんまくん》が手《て》にしているピンセットを大《おお》きくかかげる。

ぼくはピンセットの先《さき》につまれている、小《ちい》さなつぶを見《み》つめた。

「それって……、ナッツ？」

「そう、ナッツだよ。そしてこのナッツこそが、この事件《じけん》の真犯人《しんはんにん》にたどりつくための大《おお》きなヒントだったんだ」

ナッツがヒント？　ぼくが首《くび》をかしげていると、真理子先生《まりこせんせい》が声《こえ》をあげた。

「あ、そのナッツってもしかして、わたしのクッキーについていたもの？」

それを聞《き》いてぼくは思《おも》いだす。昨日《きのう》、真理子先生《まりこせんせい》のつくえに置《お》かれていたクッキーには、たしかに大《おお》きなナッツがついていた。

「ぬすまれたクッキーのナッツが、この池《いけ》にしずんでいたってこと？　なんでそんなことが起《お》こったの？」

真理子先生《まりこせんせい》はパチパチとまばたきする。

「さっき言《い》ったように、犯人《はんにん》がこの池《いけ》でクッキーを洗《あら》ったからです。クッキーだけじゃない。神社《じんじゃ》からぬすんできたアメ細工《ざいく》の龍《りゅう》も、犯人《はんにん》はここで洗《あら》ったんです」

「クッキーとアメ細工《ざいく》をあらったって……、そんなことしたら……」

真理子先生《まりこせんせい》の鼻《はな》のつけねにしわがよった。

「クッキーはくずれちゃいますよね。アメ細工《ざいく》もとけてこわれやすくなっちゃう。だからこそ、犯人《はんにん》はどっちも池《いけ》に落《お》としちゃったんですよ。そして、とけないナッツと、とけるまでに時間《じかん》がかかるアメ細工《ざいく》は池《いけ》の底《そこ》にしずんだんです。これが『密室《みっしつ》の職員室事件《しょくいんしつじけん》』と『龍《りゅう》のすむ池事件《いけじけん》』の真相《しんそう》です」

天馬君《てんまくん》はピンセットを内《うち》ポケットにもどすと、「説明終《せつめいお》わり」とでもいうように両手《りょうて》を合《あ》わせた。

「待《ま》って、まだわからないことだらけだよ。なんで犯人《はんにん》は食《た》べものを池《いけ》であらったの？　そんなことする必要《ひつよう》ないじゃないか」

ぼくのしつもんに、天馬君《てんまくん》は頭《あたま》をかく。

「必要《ひつよう》なくても、やらないわけにはいかなかったんだよ。それが『犯人《はんにん》』の本能《ほんのう》だからね」

「本能《ほんのう》ってどういうこと？　犯人《はんにん》はいったいだれなの？　どうして美鈴《みすず》ちゃんはその犯人《はんにん》をかばわなくちゃいけなかったの？」

頭《あたま》の中《なか》にうかんでいるぎもんを、ぼくは次々《つぎつぎ》と天馬君《てんまくん》にぶつけていく。

天馬君《てんまくん》が「それは……」と答《こた》えかけたとき、とつぜん、ガシャーンという大《おお》きな音《おと》と、「シャー!」というかん高《だか》いひめいのような声《こえ》が、うしろから聞《き》こえてきた。

ぼくは体《からだ》を大《おお》きくふるわせてふりかえる。音《おと》は何《なに》もいないはずの小屋《こや》から聞《き》こえてきた。

「おや、ワナが作動《さどう》したようだね」

「ワナって、もしかして天馬君《てんまくん》がさっき言《い》っていた『準備《じゅんび》』のこと?」

ぼくがたずねると天馬君《てんまくん》は大《おお》きくうなずいた。

「そう、もしかしたら『犯人《はんにん》』がかかるかもしれないと思《おも》って、小屋《こや》にワナをしかけておいたんだ。チョークのこななんかじゃなく、もっと本格的《ほんかくてき》なものをね」

「犯人《はんにん》!? じゃあいま、あの小屋《こや》の中《なか》に犯人《はんにん》がいるの?」

「ああ、そうだよ。それじゃあ『犯人《はんにん》』に会《あ》いにいくとしよう。言葉《ことば》で説明《せつめい》するより、直接見《ちょくせつみ》たほうがわかりやすいからね」

天馬君《てんまくん》は軽《かる》い足《あし》どりで小屋《こや》に近《ちか》づいていく。真理子先生《まりこせんせい》もそれに続《つづ》いた。

「……美鈴《みすず》ちゃん、行《い》かないの？」

うつむいたまま動《うご》かない美鈴《みすず》ちゃんに、ぼくは声《こえ》をかける。

「陸《りく》……、ごめんね、だましたりして……」

美鈴《みすず》ちゃんは蚊《か》の鳴《な》くような声《こえ》であやまった。

いつも元気《げんき》ハツラツな美鈴《みすず》ちゃんの弱々《よわよわ》しいすがたは、見《み》ていてむねのあたりが苦《くる》しくなってくる。

ぼくは大《おお》きく深呼吸《しんこきゅう》をすると、やさしく声《こえ》をかける。

「どうして犯人《はんにん》をかばったのかぼくにはわからないけどさ、何《なに》か理由《りゆう》があったんだってことだけはわかっているよ」

美鈴《みすず》ちゃんはゆっくりした動《うご》きで顔《かお》をあげた。ぼくはにっこりとほほ笑《え》む。

「だってさ、ぼくたちミステリクラブの仲間《なかま》じゃないか。だから、ぼくは美《み》鈴《すず》ちゃんのこと信《しん》じているよ。きっと天馬君《てんまくん》も」

ぼくがそう言《い》うと、小屋《こや》の前《まえ》に立《た》っている天馬君《てんまくん》が手《て》まねきをした。

「ふたりとも何《なに》しているんだい。早《はや》くおいでよ」

「ほら、天馬君《てんまくん》もああ言《い》っているし、行《い》こうよ」

ぼくが言《い》うと、美鈴《みすず》ちゃんは「うん……」とほんの少《すこ》しだけ口元《くちもと》をほころばせてうなずいた。

美鈴《みすず》ちゃんといっしょに小屋《こや》の前《まえ》までやってきたぼくは、フェンスごしに中《なか》をのぞきこむ。

小屋《こや》のおくに、小《ちい》さな金《かな》あみでできた箱《はこ》が置《お》かれていた。昨日《きのう》の授業《じゅぎょう》で真理《まり》

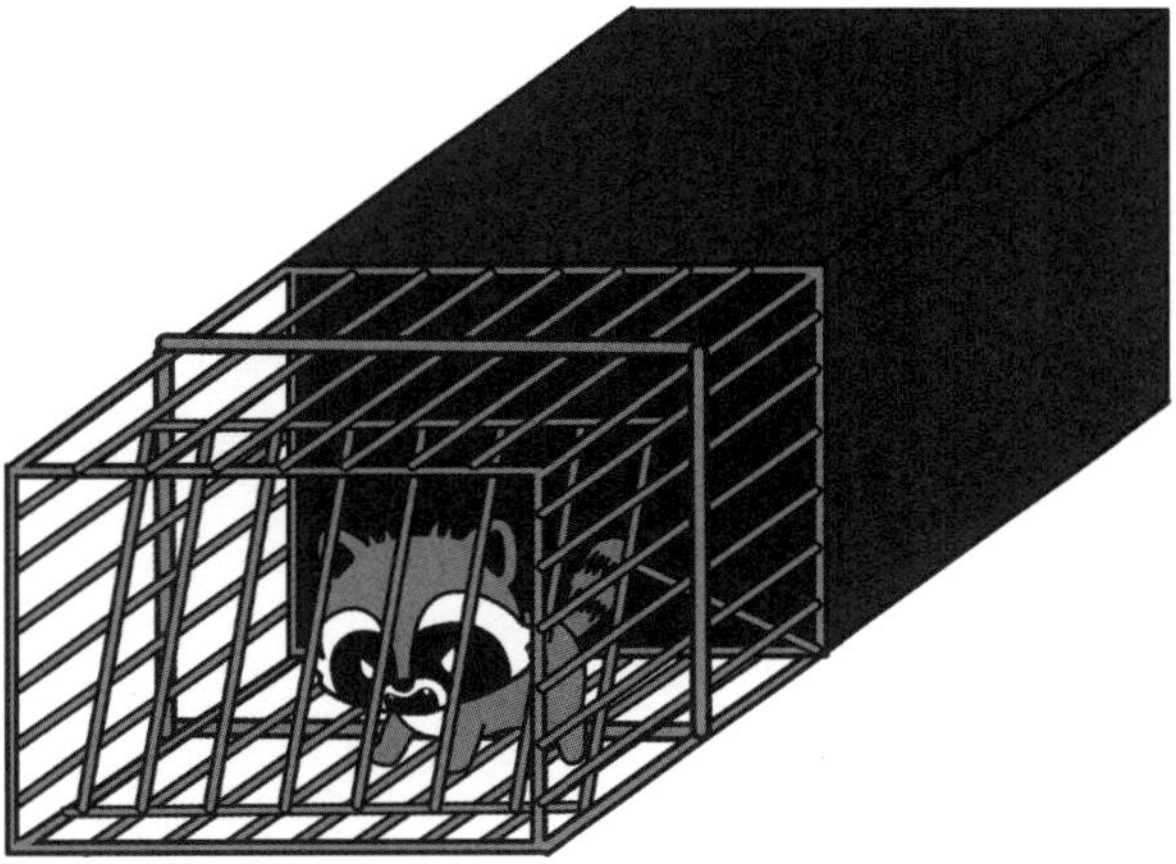

子先生《こせんせい》が見《み》せてくれた、沖縄《おきなわ》でマングースをつかまえるときに使《つか》うというワナだった。

「あれをしかけておいたんだよ。もしかしたら『犯人《はんにん》』がかかるんじゃないかなと思《おも》ってね」

「犯人《はんにん》って……、あんなに小《ちい》さいのが犯人《はんにん》なの？」

ぼくは目《め》をこらす。

小屋《こや》のおくは暗《くら》くて、ワナの中《なか》で小《ちい》さなかげが「キシャー！」と声《こえ》をあげながらあばれていることしかわからなかった。

たぶん、大《おお》きさはぼくの手《て》のにぎりこぶしぐらいしかないだろう。

「うーん、たしかに少《すこ》し小《ちい》さすぎるね。あの大《おお》きさじゃ、龍《りゅう》のアメ細工《ざいく》を神社《じんじゃ》からここまで運《はこ》ぶのは無理《むり》だろうし……」

天馬君《てんまくん》があごをなでたとき、近《ちか》くのしげみからガサッという音《おと》がして、バスケットボールぐらいの大《おお》きさのかげが飛《と》びだし、天馬君《てんまくん》に向《む》かって走《はし》ってきた。

「天馬君《てんまくん》、あぶない」

ぼくはとっさに天馬君《てんまくん》をかばうように、かげの前《まえ》に飛《と》びだす。

「陸君《りくくん》、それをつかまえて！」

天馬君《てんまくん》が声《こえ》をはりあげる。

つかまえてって、そんなかんたんに言《い》わないでよ。

むねの中《なか》でもんくを言《い》いながら、ぼくは重心《じゅうしん》を落《お》として身《み》がまえる。それと同時《どうじ》にかげがぼくに向《む》かって大《おお》きくジャンプしておそいかかってきた。

ぼくはうしろによけるのではなく、わざと一歩前《いっぽまえ》に出《で》ると同時《どうじ》に、こしを切《き》って体《からだ》を横《よこ》に向《む》ける。合気道《あいきどう》の『入《い》り身《み》』というわざだった。これをされた相《あい》手《て》は、目《め》の前《まえ》から急《きゅう》にぼくが消《き》えたように感《かん》じるはずだ。

予想《よそう》どおり、こうげきする相手《あいて》を見《み》うしなったかげは「ギャッ⁉」ととまどうような声《こえ》をあげながら、体《からだ》をかわしたぼくの目《め》の前《まえ》を通過《つうか》していく。

ぼくはすばやく両手《りょうて》をのばすと、うしろからだきしめるようにかげをつかまえた。両《りょう》うでにだきしめた体《からだ》から、毛布《もうふ》のようなふわふわした温《あたた》かい感触《かんしょく》がはしる。

「さすがだね。陸君《りくくん》の合気道《あいきどう》は、人間《にんげん》だけじゃなく動物《どうぶつ》にも通用《つうよう》するんだ」

「動物《どうぶつ》？」

ぼくはつぶやきながら、うでの中《なか》でバタバタとあばれている生《い》き物《もの》を見《み》る。

丸《まる》っこい体《からだ》と顔《かお》は、灰色《はいいろ》のやわらかい毛《け》でおおわれている。両目《りょうめ》のまわりは黒《くろ》くふちどられ、これまた小《ちい》さなかわいらしい耳《みみ》がピクピクと動《うご》いている。

「タヌキ？」

ぼくがつぶやくと、天馬君《てんまくん》は首《くび》を横《よこ》にふる。

「たしかに似《に》ているけれど、しっぽが長《なが》くてしましまでしょ。タヌキならしっぽは短《みじか》くて、しまもようはないんだよ」

「じゃあ、この子《こ》ってなんなの？」

にげようと必死《ひっし》にあばれるタヌキに似《に》た動物《どうぶつ》を、ぼくは全力《ぜんりょく》でだきかかえつづける。

そんなぼくの前《まえ》で、天馬君《てんまくん》はむねをはって高《たか》らかに答《こた》えた。

「その動物《どうぶつ》こそ、『龍《りゅう》のすむ池事件《いけじけん》』と『密室《みっしつ》の職員室事件《しょくいんしつじけん》』の真犯人《しんはんにん》、アライグマさ」

# 11 名探偵《めいたんてい》の使命《しめい》

「アライグマ……」

ぼくがぼう然《ぜん》と言《い》うと、天馬君《てんまくん》は小屋《こや》の開《ひら》いているとびらを指《ゆび》さした。

「とりあえず、その子《こ》を小屋《こや》の中《なか》に入《い》れなよ。にげられたらこまるし、かまれたり、引《ひ》っかかれたりしたらあぶないからね」

天馬君《てんまくん》に言《い》われたとおり、ぼくはつかまえていたアライグマを小屋《こや》の中《なか》にはなす。天馬君《てんまくん》はとびらをしめてカギをかけた。

小屋《こや》に入《はい》ったアライグマは、最初《さいしょ》ぼくたちにシャーシャーといかくの声《こえ》をあげていたけれど、すぐに耳《みみ》をピクピクと動《うご》かすと、身《み》をひるがえして小屋《こや》のおくにあるワナへかけよった。暗《くら》さになれて目《め》をこらしたぼくは、ワナの中《なか》にいるのがアライグマの子《こ》どもだと気《き》づいた。

「たぶん親子《おやこ》なんだろうね。子《こ》どもがつかまったから、あんなにおこってそいかかってきたんだよ」

「じゃあ、あのアライグマの親子《おやこ》が職員室《しょくいんしつ》とか神社《じんじゃ》から食《た》べものをぬすんでいたの？」

真理子先生《まりこせんせい》が小屋《こや》の中《なか》を見《み》つめながらたずねると、天馬君《てんまくん》は「そのとおりです」とうなずいた。

「アライグマの小《ちい》さくてやわらかい体《からだ》なら、職員室《しょくいんしつ》にある換気用《かんきよう》の小《こ》まどからもかんたんに出入《でい》りできる。そして食《た》べものをわざわざ池《いけ》で洗《あら》っていたのは、それこそがアライグマの本能《ほんのう》だからです」

楽《たの》しそうに説明《せつめい》していた天馬君《てんまくん》の表情《ひょうじょう》が、少《すこ》しだけくもる。

「けど、野生《やせい》のアライグマは食《た》べものを洗《あら》うことは少《すく》ないらしいね。水辺《みずべ》でエサをとることが多《おお》いので、それが洗《あら》っているように見《み》えるだけなんだって。

エサを洗《あら》うのは、飼《か》われていたアライグマの特《とく》ちょうらしいね」

「飼《か》われていたっていうことは、どこかからにげ出《だ》したってこと？　なら飼《か》い主《ぬし》さんをさがしてあげないと」

ぼくの言葉《ことば》に、天馬君《てんまくん》は悲《かな》しそうに首《くび》を横《よこ》にふった。

「いいや、法律《ほうりつ》でアライグマは飼《か》っちゃいけないことになっているんだ。たぶんだれかがないしょで飼《か》っていたアライグマを、めんどうがみきれなくなってすてたんじゃないかな」

「すてたって……、そんなのひどい」

ぼくは、ワナの中《なか》の子《こ》どもを必死《ひっし》に助《たす》けだそうとしているアライグマを見《み》つめる。

「アライグマって見《み》た目《め》はかわいいけれど、かなり気性《きしょう》があらくて、人間《にんげん》にはあまりなつかないのよ。だから、軽《かる》い気持《きも》ちで飼《か》いはじめた人《ひと》が手《て》に負《お》えなくなってすてるということが昔《むかし》たくさん起《お》こって、問題《もんだい》になったの」

真理子先生《まりこせんせい》が悲《かな》しそうな声《こえ》で説明《せつめい》してくれた。

そのとき、ぼくの頭《あたま》にふとぎもんがうかんだ。

「職員室《しょくいんしつ》とか神社《じんじゃ》から食《た》べものをぬすんでいたのが、そのアライグマだっていうことはわかった。けれど、どうして美鈴《みすず》ちゃんはそれを必死《ひっし》にかくそうとしたの？」

美鈴《みすず》ちゃんは体《からだ》をびくりとふるわせたあと、口《くち》を固《かた》くむすんでだまりこんでしまった。

「それはね、アライグマが外来種《がいらいしゅ》、この地域《ちいき》にはもともとすんでいないはずの生《い》き物《もの》だからだよ」

美鈴《みすず》ちゃんのかわりに天馬君《てんまくん》が答《こた》える。

「あっ！」

ぼくは大《おお》きな声《こえ》をあげた。

「そう。昨日《きのう》ぼくたちが帰《かえ》ったあと、美鈴君《みすずくん》はアライグマの親子《おやこ》が職員室《しょくいんしつ》にしのびこんでクッキーをぬすみだし、それを池《いけ》で洗《あら》うのを見《み》た。そのとき美《み》鈴《すず》君《くん》は『龍《りゅう》のすむ池事件《いけじけん》』と『密室《みっしつ》の職員室事件《しょくいんしつじけん》』の真相《しんそう》に気《き》づくと同時《どうじ》に、昨日《きのう》の理科《りか》の授業《じゅぎょう》で習《なら》ったことを思《おも》いだしたのさ」

「……外来種《がいらいしゅ》は駆除《くじょ》される」

ぼくが低《ひく》い声《こえ》で言《い》うと、天馬君《てんまくん》は重々《おもおも》しくうなずいた。

「そう。もしアライグマが犯人《はんにん》だって気《き》づかれたら、駆除《くじょ》されてしまうかもしれない。なんとかアライグマの親子《おやこ》を守《まも》ってあげたい。美鈴君《みすずくん》はそう思《おも》って、チョークのこなをまき直《なお》したり、池《いけ》に龍《りゅう》のうろことキバに見《み》えるものをしずめたりして、捜査《そうさ》をこんらんさせようとしたのさ。そうだよね」

天馬君《てんまくん》に声《こえ》をかけられた美鈴《みすず》ちゃんは、目《め》になみだをうかべながらあごを引《ひ》いた。

「わたしが天馬君《てんまくん》に事件《じけん》の捜査《そうさ》をお願《ねが》いしたせいで、あのアライグマの親子《おやこ》が駆除《くじょ》されちゃったりしたらどうしようって、パニックになっちゃって。それで……。ごめんなさい……」

美鈴《みすず》ちゃんはあやまると、なみだでぬれた目元《めもと》をぬぐった。

「あやまることなんてないさ。必死《ひっし》に生《い》きているアライグマの親子《おやこ》を守《まも》ってあげようとした美鈴君《みすずくん》のやさしい気持《きも》ちは、すごくよくわかるからさ」

天馬君《てんまくん》は美鈴《みすず》ちゃんに近《ちか》づくと、小《ちい》さくふるえる美鈴《みすず》ちゃんのかたに手《て》をおいた。

「このあと、あのアライグマの親子《おやこ》はどうなっちゃうの……？」

美鈴《みすず》ちゃんがおそるおそる言《い》うのを聞《き》いて、ぼくはとなりに立《た》つ真理子先生《まりこせんせい》を見《み》あげる。真理子先生《まりこせんせい》はまゆのあいだにしわをよせて、きびしい表情《ひょうじょう》をうかべていた。

「……残念《ざんねん》だけれど、保健所《ほけんじょ》に連絡《れんらく》して引《ひ》きとってもらうことになると思《おも》う」

真理子先生《まりこせんせい》が低《ひく》い声《こえ》をしぼりだす。

美鈴《みすず》ちゃんはなみだでぬれた目《め》を大《おお》きく見開《みひら》き、小屋《こや》のおくにいるアライグマの親子《おやこ》を指《ゆび》さした。

「でも、そうしたらその子《こ》たちは……」

「ええ、残念《ざんねん》だけれど『安楽死《あんらくし》』という処分《しょぶん》になると思《おも》う」

つらそうに真理子先生《まりこせんせい》は答《こた》えた。

「そんなのかわいそうだよ！　この子《こ》たちは生《い》きるためにしかたなく食《た》べものをぬすんだだけだよ！　にがしてあげようよ！」

真理子先生《まりこせんせい》に近《ちか》づいた美鈴《みすず》ちゃんはすがりつくようにお願《ねが》いした。

「ごめんね美鈴《みすず》ちゃん、それはできないの」

のどのおくからしぼりだすように、真理子先生《まりこせんせい》は言《い》う。

「外来種《がいらいしゅ》のアライグマは、この地域《ちいき》にすんでいるほかの動物《どうぶつ》をおそったりして、生《い》き物《もの》たちのバランスをくずしてしまうかもしれないの」

「でも、この子《こ》たちはがんばって生《い》きているだけで、何《なに》も悪《わる》いことなんかしていないのに！」

美鈴《みすず》ちゃんが必死《ひっし》にうったえると、真理子先生《まりこせんせい》はいたいのをがまんするような表情《ひょうじょう》になる。

「そうね、このアライグマの親子《おやこ》は何《なに》も悪《わる》いことなんてしていない。いっしょうけんめい、ただ生《い》きていただけ。悪《わる》いのは、もともとすんでいた場所《ばしょ》からこの子《こ》たちを連《つ》れてきて、そしてすてた人間《にんげん》たち。けれど、それでもこの子《こ》たちをにがすわけにはいかないの」

「どうして⁉」

美鈴《みすず》ちゃんはなみだまじりの声《こえ》をはりあげる。

「さっき言《い》ったように、アライグマっていうのはかわいいけれど、かなり気性《きしょう》があらい動物《どうぶつ》なの。もしほうっておいたら、この学校《がっこう》の児童《じどう》がおそわれてケガをしちゃうかもしれない。それがげんいんで大《おお》きな病気《びょうき》になっちゃう可能性《かのうせい》もある。だから……、駆除《くじょ》するしかないの」

「そんな……」

美鈴《みすず》ちゃんは両手《りょうて》で顔《かお》をおおって、小《ちい》さな声《こえ》をあげて泣《な》きはじめた。そのすがたを見《み》て、むねがしめつけられるような気持《きも》ちになりながら、ぼくはおずおずと真理子先生《まりこせんせい》にたずねる。

「あの……、にがすのはダメだとしても、だれかに飼《か》ってもらうとか、そういうことはできないんですか？」

「ごめんね陸君《りくくん》、それもできないの。さっき言《い》ったように、昔《むかし》、飼《か》われていたアライグマがたくさんすてられて大《おお》きな問題《もんだい》になったせいで、いまはアライグマは飼《か》うことができないって法律《ほうりつ》で決《き》められているの」

真理子先生《まりこせんせい》は両手《りょうて》を強《つよ》くにぎりしめると、「本当《ほんとう》にごめんなさい」と弱々《よわよわ》しい声《こえ》で言《い》った。

そのとき、急《きゅう》に天馬君《てんまくん》が片手《かたて》をあげた。

「あの、ちょっといいかな？　みんな、アライグマが犯人《はんにん》だっていうことをあばいただけで、ぼくがこの事件《じけん》を終《お》わりにするつもりだと思《おも》ったりしている？

そんなわけないじゃないか」

「え、どういうこと?」

ぼくがたずねると、天馬君《てんまくん》はとくいげに鼻《はな》を鳴《な》らした。

「ぼくは名探偵《めいたんてい》だよ。名探偵《めいたんてい》のお仕事《しごと》はたんに事件《じけん》の真相《しんそう》をあばくことだけじゃない。事件《じけん》を『一番《いちばん》いいかたち』で解決《かいけつ》させることさ。もちろんつかまえたあとのアライグマをどうするかまで、ちゃんと考《かんが》えているよ。そのために昼休《ひるやす》みずっと、図書館《としょかん》で調《しら》べものをしていたんだから」

「もしかして、そのアライグマの親子《おやこ》を助《たす》ける方法《ほうほう》があるの!?」

ぼくは早口《はやくち》で天馬君《てんまくん》にしつもんする。うつむいて泣《な》いていた美鈴《みすず》ちゃんも、ゆっくりと顔《かお》をあげた。

「もちろんさ。飼《か》えばいいだけじゃないか」

天馬君《てんまくん》の答《こた》えを聞《き》いて、真理子先生《まりこせんせい》はこまり顔《がお》になる。

「天馬君《てんまくん》、いま言《い》ったでしょ。アライグマは飼《か》っちゃいけないの」

「いいえ真理子先生《まりこせんせい》、それは正確《せいかく》ではありません。正《ただ》しくは『新《あら》たにペットとして飼《か》うことはできない』です」

「え……？」

真理子先生《まりこせんせい》はきょとんとした顔《かお》になる。

「許可《きょか》さえとれば、研究《けんきゅう》や動物園《どうぶつえん》とかでの展示《てんじ》、そして教育《きょういく》のために飼《か》うことはできるんです」

「教育《きょういく》……」

真理子先生《まりこせんせい》はその言葉《ことば》をくりかえす。

「さっき真理子先生《まりこせんせい》が教《おし》えてくれたアライグマの生態《せいたい》、そして昔《むかし》、アライグマにどんなことがあったのか、すごく勉強《べんきょう》になりました。それってまさに『教育《きょういく》』ですよね」

天馬君《てんまくん》はいたずらっぽくウインクをした。

「つまりこの学校《がっこう》でなら、教育《きょういく》のためにアライグマを飼《か》えるんじゃないですか？　ちょうどこんなりっぱな小屋《こや》が、使《つか》われず空《あ》いているんだから」

「この小屋《こや》で、児童《じどう》たちの教育《きょういく》のためにアライグマを飼《か》う……か」

真理子先生《まりこせんせい》は口元《くちもと》に手《て》を当《あ》てると、むずかしい顔《かお》で考《かんが》えこむ。

ぼくはドキドキしながら真理子先生《まりこせんせい》の答《こた》えを待《ま》った。となりでは美鈴《みすず》ちゃんがいのるように両手《りょうて》を合《あ》わせて、真理子先生《まりこせんせい》を見《み》ている。

十数秒後《じゅうすうびょうご》、真理子先生《まりこせんせい》はふぅと大《おお》きく息《いき》をはくと、満面《まんめん》の笑《え》みをうかべてかたをすくめた。

「そうね、それなら飼《か》うことはできそうね。わたしが明日《あした》校長先生《こうちょうせんせい》に話《はな》して、ちゃんときょかをとってあげる」

そのしゅんかん、ぼくたちは大《おお》きく歓声《かんせい》をあげた。美鈴《みすず》ちゃんはボロボロと泣《な》きながら、「本当《ほんとう》にありがとう」と天馬君《てんまくん》をだきしめた。

「礼《れい》にはおよばないよ。事件《じけん》を解決《かいけつ》して『依頼人《いらいにん》』を幸《しあわ》せにすることこそ、名探偵《めいたんてい》の使命《しめい》だからね」

天馬君《てんまくん》が少《すこ》し照《て》れくさそうに言《い》うのを聞《き》きながら、ぼくは元《もと》ウサギ小屋《ごや》、いや、いまこのしゅんかんにアライグマ小屋《ごや》になった小屋《こや》を見《み》る。

アライグマの親子《おやこ》が、つぶらなひとみでこちらを見《み》ながら、クルルルルと鳴《な》き声《ごえ》をあげた。

# エピローグ

「うわー、かわいい」

小屋《こや》のなかでエサを食《た》べるアライグマの親子《おやこ》を見《み》た早乙女《さおとめ》さんが、歓声《かんせい》をあげる。そのとなりでは美鈴《みすず》ちゃんが、ニコニコとほほ笑《え》んでいた。

『龍《りゅう》のすむ池事件《いけじけん》』が解決《かいけつ》して二週間《にしゅうかん》ほどたった昼休《ひるやす》み、アライグマ小屋《ごや》の前《まえ》にはたくさんの児童《じどう》がおしかけていた。

事件《じけん》が解決《かいけつ》した次《つぎ》の日《ひ》、約束《やくそく》どおり真理子先生《まりこせんせい》は、アライグマのことを校長《こうちょう》先生《せんせい》に話《はな》してくれた。

校長先生《こうちょうせんせい》だけじゃなく、役所《やくしょ》とかいろいろなところに連絡《れんらく》をしてきょかをとらないといけなかったらしいけれど、真理子先生《まりこせんせい》ががんばってくれたおかげで、最終的《さいしゅうてき》にアライグマの親子《おやこ》はこの学校《がっこう》で飼《か》えることになっていた。

「大人気《だいにんき》だね」

天馬君《てんまくん》は満足《まんぞく》そうに言《い》う。

ぼくと天馬君《てんまくん》は少《すこ》しはなれた位置《いち》に立《た》って、アライグマ小屋《ごや》の前《まえ》の人《ひと》だかりをながめていた。

「全部《ぜんぶ》、天馬君《てんまくん》のおかげだよ」

ぼくが言《い》うと、天馬君《てんまくん》は大《おお》きく首《くび》を横《よこ》にふった。

「そんなことないさ、ぼくひとりじゃアライグマを助《たす》けることはできなかったよ。美鈴君《みすずくん》が『龍《りゅう》のすむ池事件《いけじけん》』の捜査《そうさ》をぼくに依頼《いらい》し、そして犯人《はんにん》がわかった。あとは必死《ひっし》にアライグマを助《たす》けようとした。そして陸君《りくくん》はあんなにすばやく動《うご》くアライグマをケガさせることなくつかまえた。ふたりがいなければ、あのアライグマの親子《おやこ》はいつか駆除《くじょ》されていたはずさ」

天馬君《てんまくん》はぼくのせなかを軽《かる》くたたく。

「ぼくたちミステリクラブの全員《ぜんいん》で、あのアライグマの親子《おやこ》を助《たす》けたんだよ」

「そうだね。そうかもしれないね」

ぼくがほほ笑《え》みながら答《こた》えると、天馬君《てんまくん》はゆっくりとアライグマ小屋《ごや》のおくにある池《いけ》へと近《ちか》づいていく。

「どうしたの、天馬君《てんまくん》？」

追《お》いついたぼくがたずねると、天馬君《てんまくん》は目《め》を細《ほそ》めながら、赤《あか》い金魚《きんぎょ》たちが泳《およ》いでいる池《いけ》を見《み》つめた。

「いやあ、本当《ほんとう》に龍《りゅう》がいたらおもしろかったなと思《おも》ってね。世界《せかい》はすごく広《ひろ》いから、子《こ》どものぼくたちには信《しん》じられないようなふしぎなできごと、ふしぎなナゾがいっぱいあるんだろうね。いつかはそれを解《と》きに行《い》ってみたいなぁ」

「きっと行《い》けるよ、天馬君《てんまくん》なら」

ぼくが言《い》うと、天馬君《てんまくん》はうれしそうに笑顔《えがお》になった。

「そう、きっと行《い》けるね。ぼくたちミステリクラブなら」

池《いけ》の中《なか》では、かれたえだにたくさんの藻《も》がからみついて、まるで龍《りゅう》が口《くち》を開《ひら》いているかのようにゆれていた。

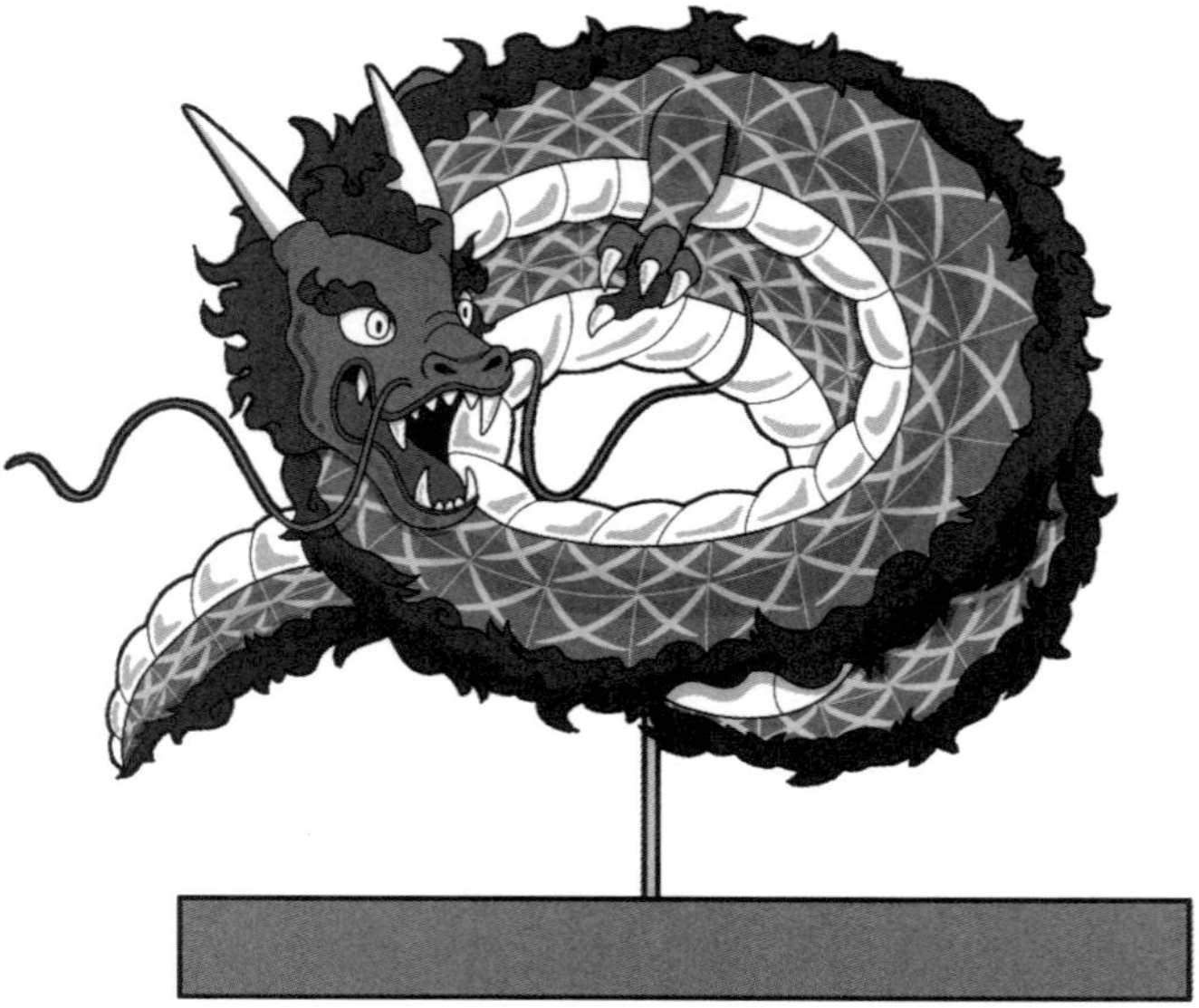

## おまけ1

# 知念実希人《ちねんみきと》さん Gurin.《ぐりん》さんにしつもん！

作者《さくしゃ》の知念実希人《ちねんみきと》さん、
イラストレーターのGurin.《ぐりん》さんが、
みんなからのしつもんに
答《こた》えてくれたよ。

**◆いちばん好《す》きなキャラクターはだれですか？**（Y《ワイ》さん 十一才《じゅういっさい》 ほか多数《たすう》）

**知《ち》（知念《ちねん》さん）：**みんなそれぞれにみりょく的《てき》なので順番《じゅんばん》はつけづらいですけど、やっぱり『名探偵《めいたんてい》』が好《す》きなので天馬君《てんまくん》です。

**ぐ（Gurin.《ぐりん》さん）：**美鈴《みすず》ちゃんです！ お友《とも》だちになりたい！

**◆なぜ『放課後《ほうかご》ミステリクラブ』を書《か》こうと思《おも》ったのですか？**（E《イー》さん 七才《ななさい》 ほか多数《たすう》）

**知《ち》：**子《こ》どものみんなに「ミステリ小説《しょうせつ》っておもしろい」ってことを知《し》ってもらいたいと思《おも》ったからです。

**◆どうやってトリックを思《おも》いつくのですか？**（H《エイチ》さん 十才《じゅっさい》 ほか多数《たすう》）

**知《ち》：**お話《はなし》のタネになりそうなことがあったら、全部《ぜんぶ》手《て》ちょうにメモして、ひまなときにながめてトリックを考《かんが》えています。

**◆どうしてこんなにおもしろい物語《ものがたり》が書《か》けるのですか？**（H《エイチ》さん 九才《きゅうさい》 ほか多数《たすう》）

**知《ち》：**小説家《しょうせつか》になってから十年以上《じゅうねんいじょう》、みんなが楽《たの》しいと感《かん》じる物語《ものがたり》の作《つく》り方《かた》をずっと研究《けんきゅう》してきて、いろいろな技術《ぎじゅつ》を身《み》につけたからだと思《おも》います。

**◆どうしてそんなにおしゃれな洋服《ようふく》が思《おも》いつくのですか？**（R《アール》さん 十三才《じゅうさんさい》）

**ぐ：**わたし自身《じしん》、洋服《ようふく》が好《す》きで、たくさん持《も》っていたり、たくさん調《しら》べたりしているからかもしれません。

**◆キャラクターの絵《え》はどうやって考《かんが》えるのですか？**（N《エヌ》さん 八才《はっさい》）

**ぐ：**文面《ぶんめん》から想像《そうぞう》したキャラクター像《ぞう》をそのまま絵《え》にしています！ 洋服《ようふく》は、性格《せいかく》やお顔《かお》に合《あ》わせて考《かんが》えています。

**◆どうしたら絵《え》がうまくかけますか？**（Aさん《エー》 九才《きゅうさい》ほか多数《たすう》）

ぐ：とにかく楽《たの》しく、たくさん絵《え》をかくことが大切《たいせつ》だと思《おも》っています！ あとは好《す》きな絵《え》を見《み》て、まねしてかいてみたり、勉《べん》強《きょう》したりすることも上達《じょうたつ》につながると思《おも》います。

**◆天馬君《てんまくん》がイギリスから来《き》た理由《りゆう》を知《し》りたい！**（Sさん《エス》 八才《はっさい》）

知《ち》：ご両親《りょうしん》のつごうで日本《にほん》に来《き》ました。イギリスは天馬君《てんまくん》がそんけいする名探偵《めいたんてい》であるシャーロック・ホームズがいた国《くに》でもあります。

**◆早乙女華《さおとめはな》ちゃんと重田太一君《しげたたいちくん》は両思《りょうおも》いですか？**（Kさん《ケー》 十一才《じゅういっさい》）

知《ち》：ふたりともなかのいいおさななじみの友《とも》だちです。

**◆今後《こんご》、カワウソの出演《しゅつえん》を希望《きぼう》しています。なぜならカワウソが好《す》きだからです。**（Cさん《シー》 九才《きゅうさい》）

知《ち》：カワウソのことを勉強《べんきょう》して、いつか出《だ》せたら登場《とうじょう》させたいです。

**◆天馬君《てんまくん》はなぜちょっとの情報《じょうほう》で犯人《はんにん》がわかるのですか？**（Sさん《エス》 七才《ななさい》）

知《ち》：名探偵《めいたんてい》だからです（笑）。

**◆お気《き》に入《い》りの絵《え》と、大変《たいへん》だった絵《え》を教《おし》えて。**（Aさん《エー》 十一才《じゅういっさい》）

ぐ：お気《き》に入《い》りは一巻《いっかん》の最初《さいしょ》のプール（十二《じゅうに》～十三《じゅうさん》ページ）です！ 一番力《いちばんちから》を入《い》れてかきました。大変《たいへん》だったのは部室《ぶしつ》（一巻三十八《いっかんさんじゅうはち》～三十《さんじゅう》九《きゅう》ページ）です。楽《たの》しかったけど物《もの》がたくさんで（笑）。

**◆あこがれの人《ひと》とその理由《りゆう》を教《おし》えてください！**（Mさん《エム》 十才《じゅっさい》）

知《ち》：東野圭吾先生《ひがしのけいごせんせい》です。東野《ひがしの》先生《せんせい》の小説《しょうせつ》を読《よ》むと、物語《ものがたり》をみりょく的《てき》にするためのとてもたくさんの技術《ぎじゅつ》がつめこまれているのがわかり、それだけ小説家《しょうせつか》として研究《けんきゅう》し、努力《どりょく》されてきたことに気《き》づくからです（一九一《ひゃくきゅうじゅういち》ページでおすすめの作品《さくひん》も紹介《しょうかい》しています！）。

ぐ：「ドラゴンボール」シリーズなどをかかれている、鳥山明《とりやまあきら》先生《せんせい》です。先生《せんせい》のイラストだ！ってすぐにわかるような、個性《こせい》的《てき》でみりょくあふれるイラストにあこがれています。

◆**知念先生《ちねんせんせい》は、なぜお医者《いしゃ》さんと小説家《しょうせつか》になったのですか？**

（Y《ワイ》さん　七才《ななさい》）

**知《ち》**：曽祖父《そうそふ》（ひいおじいさんのこと）からずっと医者《いしゃ》の家系《かけい》だったし、内科医《ないかい》の父《ちち》のことをそんけいしていたので医者《いしゃ》になろうと思《おも》いました。ただ、本《ほん》も好《す》きだったので、小説家《しょうせつか》になりたいという夢《ゆめ》もありました。なので、がんばって両方《りょうほう》できるようになりました。

◆**陸君《りくくん》のかきかたも教《おし》えて！**

（A《エー》さん　八才《はっさい》　ほか多数《たすう》）

**ぐ**：おまたせしました！　左《ひだり》のページでお伝《つた》えします！

## おまけ2

# 陸《りく》君《くん》のかき方《かた》

「放課後《ほうかご》ミステリクラブ」のイラストレーター、Gurin.《ぐりん》さんがとくべつに陸君《りくくん》のかき方《かた》を教《おし》えてくれたよ。

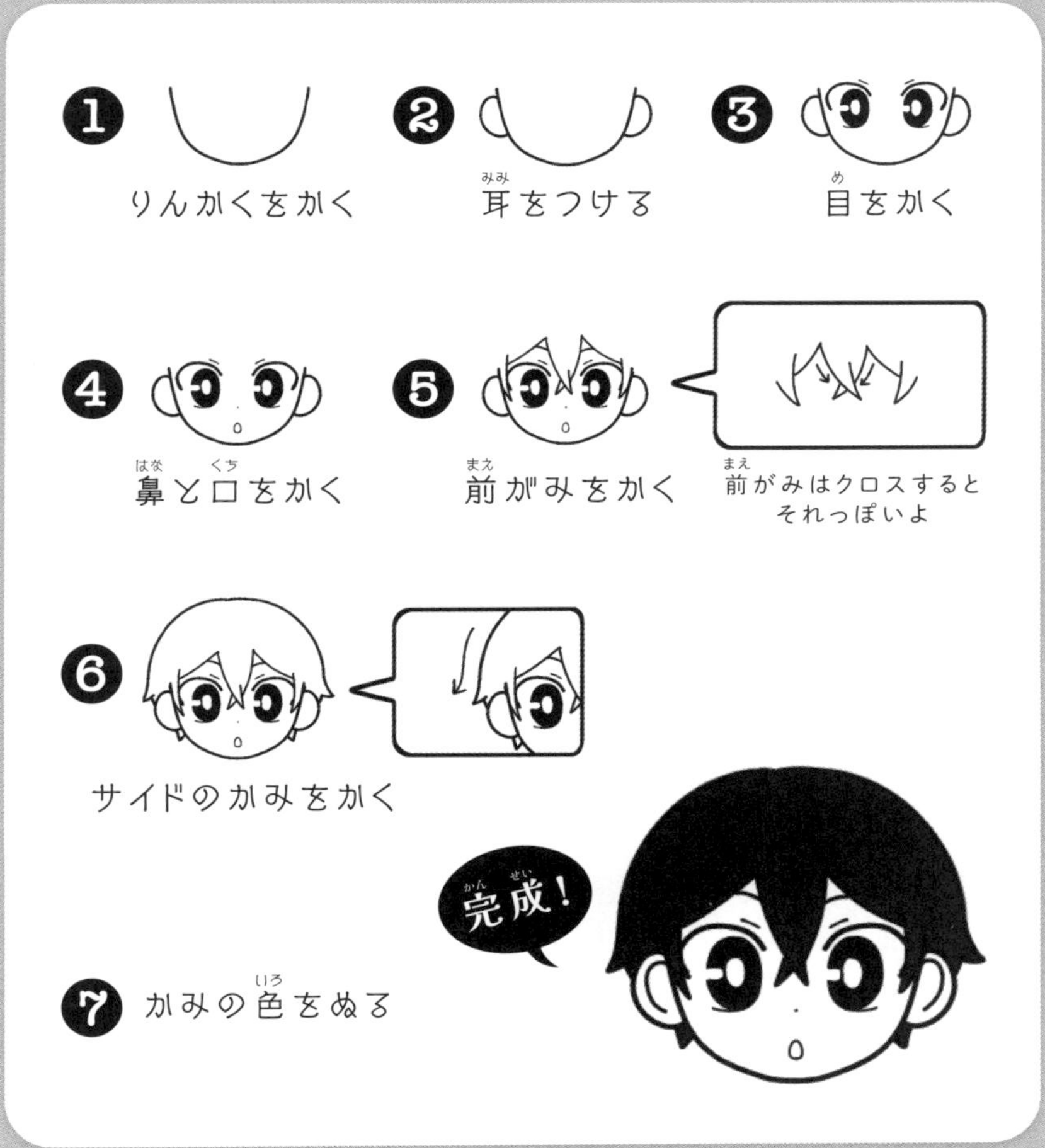

# おまけ3
# 天馬《てんま》のミステリ小説《しょうせつ》紹介《しょうかい》

登場《とうじょう》ページ

P49

## モルグ街《がい》の殺人《さつじん》事件《じけん》

パリの町《まち》で、真夜中《まよなか》に母《はは》とむすめがころされた。殺人《さつじん》のあった部屋《へや》にはカギがかかっていて、まども閉《し》まったままだった。この不思議《ふしぎ》でざんこくな事件《じけん》の解決《かいけつ》のために、名探偵《めいたんてい》デュパンが登場《とうじょう》。意外《いがい》な犯《はん》人《にん》がうかびあがってくる。

エドガー・アラン・ポー 著
金原 瑞人 訳
佐竹 美保 絵
集英社
小学校中学年～

登場《とうじょう》ページ

P187

## ガリレオの事件簿《じけんぼ》1 ポルターガイストの謎《なぞ》を解《と》け

「ナゾ」は、天才科学者《てんさいかがくしゃ》におまかせ! 毎晩《まいばん》8時《じ》に家《か》具《ぐ》や電《でん》とうがゆれる家《いえ》。そこにくらすあやしい人々《ひとびと》は何《なに》かをかくしている!?「騒霊《きわ》ぐ」や、深夜《しんや》に火《ひ》の玉《たま》を見《み》た少女《しょうじょ》の"お父《とう》さんに何《なに》か悪《わる》いことが起《お》こりそう"という予感《よかん》が当《あ》たってしまう「絞殺《しめ》る」など、ふかしぎな事《じ》件《けん》を、ガリレオが解《と》き明《あ》かす、4つの短編《たんぺん》。累計《るいけい》1500万《まん》部《ぶ》ごえのガリレオ・シリーズから、ジュニア向《む》けに新《あら》たに編《あ》みなおした、大人気《だいにんき》・科学《かがく》トリックミステリー。

東野圭吾 著
うめ(小沢高広・妹尾朝子) 絵
文藝春秋
小学校高学年~

登場《とうじょう》ページ

P52

## 新装版《しんそうばん》 46番目《ばんめ》の密室《みっしつ》

45におよぶ密室《みっしつ》トリックを発表《はっぴょう》してきた推理小説《すいりしょうせつ》の大家《たいか》、真壁聖一《まかべせいいち》。クリスマス、北軽井沢《きたかるいざわ》にある彼《かれ》の別荘《べっそう》に招待《しょうたい》された客《きゃく》たちは、作家《さっか》のむざんなすがたを目《ま》のあたりにする。彼《かれ》はみずからの46番目《ばんめ》のトリックでころされたのか——。火村《ひむら》&有栖川《ありすがわ》シリーズ第《だい》1作《さく》!

有栖川有栖 著
講談社
おとな向け


※天馬君自身《てんまくんじしん》はおとな向《む》けの文庫本《ぶんこぼん》を読《よ》んでいますが、子《こ》ども向《む》けがある作品《さくひん》は、子《こ》ども向《む》けを紹介《しょうかい》しています

# あとがき

知念実希人《ちねんみきと》

みなさんのおうちでは、スイッチを入《い》れたら明《あ》かりがつきますよね。おふろもガスでかんたんにわかせるし、水道《すいどう》のじゃぐちからは水《みず》が出《で》てきます。

ですが、百数十年前《ひゃくすうじゅうねんまえ》まではそれらはすべてありませんでした。江戸時代《えどじだい》の人《ひと》たちは、油《あぶら》に火《ひ》をともして明《あ》かりをつけ、たき木《ぎ》をもやしておふろをわかしたり、ごはんをたいたりしていました。水《みず》は井戸《いど》や川《かわ》までくみにいく必要《ひつよう》がありました。人間《にんげん》は長《なが》い年月《ねんげつ》をかけて、より生活《せいかつ》がしやすいようにまわりのかんきょうを変化《へんか》させてきました。そのおかげでいま、みなさんは昔《むかし》より苦労《くろう》せずに生《い》きていくことができています。

けれど、人間《にんげん》が住《す》みやすいかんきょうは、ほかの生物《せいぶつ》にとって住《す》みやすいかんきょうとはかぎりませんよね。生活《せいかつ》に必要《ひつよう》な水《みず》をためるためのダムがつくられるときに、森《もり》や川《かわ》の生《い》き物《もの》がすみかを追《お》われたり、たくさんの電気《でんき》を作《つく》るために石油《せきゆ》や石炭《せきたん》をもやしたせいで空《くう》気《き》の成分《せいぶん》が変《か》わって地球全体《ちきゅうぜんたい》の気温《きおん》が上《あ》がったり、温《あたた》かくなったえいきょうで南極《なんきょく》の氷《こおり》がとけて海面《かいめん》がじょうしょうして、陸地《りくち》がへったりしています。その結果《けっか》、たくさんの種類《しゅるい》の生《い》き物《もの》が数《かず》をへらしたり、ぜつめつしたりしました。

今回《こんかい》のお話《はなし》の『犯人《はんにん》』も、人間《にんげん》の勝手《かって》によって生《い》きていくのがむずかしくなり、事件《じけん》を起《お》こしていますよね。このままではダメだと、最近《さいきん》では地球《ちきゅう》のかんきょうを守《まも》ろうとたくさんの国《くに》ががんばっています。空気《くうき》をよごさずに電気《でんき》を作《つく》れる発電《はつでん》をふやしたり、ゴミをリサイクルしたり、少《すく》ないねんりょうで走《はし》れる車《くるま》を作《つく》ったり。少《すこ》しずつですけど、かんきょうをできるだけ変《か》えずに生活《せいかつ》をしていこうとしています。

みなさんもそのおてつだいをすることができます。ゴミをしっかりと分別《ぶんべつ》したり、必要《ひつよう》のない電気《でんき》は消《け》したりすることです。

ただ、あまりかんきょうほごにとらわれすぎて、毎日《まいにち》の生活《せいかつ》がつまらなくなってしまうのはよくありません。子《こ》どものみなさんにとって一番重要《いちばんじゅうよう》なのは、たくさん勉強《べんきょう》してたくさん遊《あそ》ぶことです。なので、かんきょうのことは頭《あたま》のすみに入《い》れておいて、ちょっと気《き》づいたときに協力《きょうりょく》してみてください。

一人《ひとり》ひとりの小《ちい》さな協力《きょうりょく》の積《つ》み重《かさ》なりが、きっと大《おお》きな力《ちから》になりますから。

# 5巻発売記念《かんはつばいきねん》
# とくべつふろく
# ハガキ紹介《しょうかい》!!

2024年《ねん》4月《がつ》までにライツ社《しゃ》にとどいたハガキをドドンと328枚紹介《まいしょうかい》するよ。たくさんありがとう!

※うすかったり文字《もじ》が小《ちい》さかったりするハガキも、絵《え》やふんいきから自分《じぶん》のものとわかってもらえそうなので、のせました

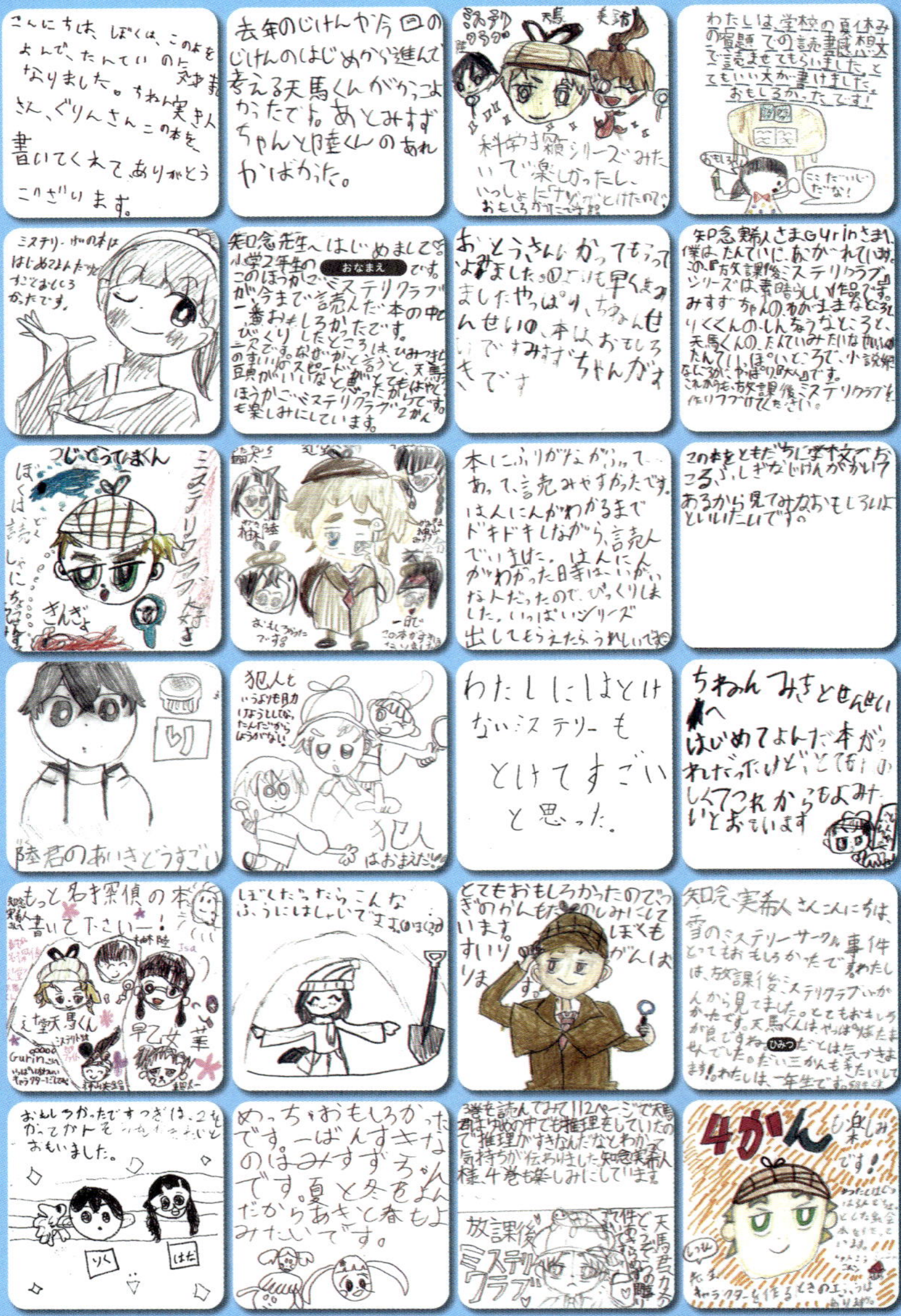

さんにちは、ぼくは、このよをよんで、たんていのとうになりました。ちねん実きさん、ぐりんさんこの本を書いてくれてありがとうございます。
去年のじけんや今回のじけんのはじめから進んで考える天馬くんがかっこよかったです。あとみすずちゃんと陸くんのあれがよかった。
科学探偵シリーズみたいで楽しかったし、いっしょにナゾがとけたので、おもしろかったです。
わたしは、学校の夏休みの宿題での読書感想文で読ませてもらいました。とてもいい文が書けました。おもしろかったです！
ここだーい！だな！
ミステリーがの本ははじめてよんだけどすごくおもしろかったです。
知念先生へ はじめまして♡ 小学2年生の おなまえ です。このほうかごミステリクラブが今まで読んだ本の中で一番おもしろかったです。
ほうかごミステリクラブ2かんも楽しみにしています。
おとうさんにかってもらってよみました。
知念実希人さま Gurinさま。僕は、たんていにあこがれています。この『放課後ミステリクラブ』シリーズは素晴らしい作品です。
これからも放課後ミステリクラブを作りつづけてください。
ミステリクラブ大好き
きんぎょ
本にふりがながふってあって読みやすかったです。はんにんがわかるまでドキドキしながら読みました。はんにんがわかった時は、いがいな人だったので、びっくりしました。いっぱいシリーズ出してもらえたらうれしいです。
この本をともだちに学校でおこるふしぎなじけんがかいてあるから見てみなおもしろいよといいたいです。
陸君のあいきどうすごい
犯人はおまえだ！
わたしにはとけないミステリーもとけてすごいと思った。
ちねんみきとせんせいへ はじめてよんだ本がこれだったけど、とてもおもしろくてこれからもよみたいとおもいます
もっと名探偵の本書いてたさい〜！
天馬くん
早乙女華
ぼくだったらこんなふうにはしゃいでます(笑)
とてもおもしろかったのでつぎのかんもたのしみにしています。ぼくもがんばります。
知念実希人さんこんにちは。雪のミステリーサークル事件とてもおもしろかったです。わたしは、放課後ミステリクラブいっかんから見てました。とてもおもしろかったです。天馬くんは、やっぱりかっこよかったです。ひみつだとは気づきませんでした。だい三かんもきたいしてます。わたしは一年生です。
おもしろかったです
りく
はだ
めっちゃおもしろかったです。一ばんすきなのはみすずちゃんです。夏と冬をよんだからあきと春もよみたいです。
本を読んでみて112ページで犯人は心の中でも推理をしていたので推理がすきなんだなとわかって気持ちが伝わりました知念実希人様4巻も楽しみにしています。
放課後ミステリクラブ
4かんも楽しみです！

「この人?」「あの人ちがう」などいろいろ考えれて、おもしろくてなんども読みました!!
ミステリーが好きでおもしろかったです。
ほうかご! ミステリクラブで世界がうまれは
天馬君のすいりがとてもうまくてびっくり!!しました。
このシリーズいっぱいよんだらあたしもたんていになれるかな?
おなまえ
まっています!
わたしはどくしょもすきですがうちゅうもすきなので、ミステリーサークルはうちゅうにかんけいがあってうれしかったです。あと、すこしこんかいのミステリはむずかしかったです。あと雪もきれいですきなので、このくみあわせいいとおもいま
わたしは、ミステリクラブの本が大好きです。
ミステリクラブの本を読んでわたしも名たんていになれるとおもいます。
おなまえ
ひみつ
わたしはかわいいみすずちゃんが大すきです
みすずちゃんのたいそうすごい。みすてりーわくわくする。すき。
みすずちゃんは、かわいくて、うんどうしんけいがよくてすごい大好き
じかん小さくてべんりになりました。ミステリーがすきでおかあさんがかってくれました
小学5年生の おなまえ です。
本は苦手でしたが、ミステリークラブに出会ってから、本が大好きになりました。
5人がかつやくする話が読みたいです。
黒ネコがとてもかわいいです。
さくっと読める小説でいいなと思いました。
* 続きが読めるといいなと思います。
わたしは、初めてミステリー小説を読んできょうみをもちました。
とくに「早乙女 華」ちゃんがかっている子ねこがかわいかったです。
ひみつ
ひみつ が ひみつ
を助けようとしたのがよかった。
かわいい
AFTER SCHOOL MYSTERY CLUB
天馬くんのすいりはすごかったです。けれども考えた作者がすごいです。
ミステリクラブの「動くかめの銅像事件」をよんでいると、「はん人はだれ何のだろう?」と思って、どんどん次のページをめくっちゃいます。
天馬君はすごいなと思いました。
みんなで楽しめてすごくおもしろかった。
よみおわったときにすべてがつながるおもしろさ。
登場人物が少ないからよみやすくてすごくおもしろい。
本格的なミステリですごくおもしろい。
ひみつ
ひみつ
神山美鈴
華のねこ
おもしろい
いいなぁ

ひみつ
ゆきをとかすとは、しりませんでした。けど雪がとけるとしっておどろきました。
知念実希人さんへ
「放課後ミステリクラブ」金魚の泳ぐプール事件
とても面白かったです。
メッセージ
真相がわかってせつ明された時は、なるほど！となっておもしろかったです。
陸くん
知念実希人さんの本はとても面白いなと思ってずっとみていました。今回の本も面白かったです。プールという身近な言葉があったので楽しく読めました。
①と書いているので新刊を出してほしいです　これからも応えんしています！
美鈴ちゃんかこの本にはかかせないんだと思います。すごく明るくて素できだなと思いました
美鈴ちゃん
①を読んだので、②も買ってみて、おもしろかったです。私はどちらかというと、②の放課後ミステリクラブ雪のミステリーサークル事件が好きです。
みすてソートリオ
登場人物がすくなく読みやすかったです。ナゾをといたあと「なるほど」と思いました。天馬くんがすらすらなぞをといていくのはかっこいいと思いました。
読みはじめると、おもしろくてとまらなくなりました!! ③も楽しみにまっています!!
はじめてのミステリー
わたしは、第1かんの時親せきからプレゼントしてもらって、それからずっとミステリクラブファンになりました。今回もぜんぜん分かりませんでした。
ひみつ
ひみつ
いつも分からなくてすぐ答えを見てしまうので、第3かんはずーっと考えて自分でなぞをときたいです。わたしのしょう来のゆめは絵本作家なので、知念実希人さんのようなすてきな本をつくりたいです。第3かんもとても楽しみにしています!!
知念実希人さんはじめまして!
わたしは、天馬くん・美鈴ちゃん・陸くんが好きであってすごいなと思いました。
わたしは、空良くんと和也くんのけんかを天馬くんがとめて、陸くんが天馬くんを助ける場面がかっこよかったです。①金魚のお泳ぐプール事件もおもしろかったのでこれからも、がんばってください!
しんそうは、わかりました。でもむずかしかったです。
古書まつりで買いました。
わたしは、とても、読書をしています。ですが今までの中で一番すきでした。どこがすきかというと、ドキドキ感とワクワクをひびけてくれるからです。りくくんとみすずちゃんとてんまくんには、色々とくぎながあっておもしろかったです。きんぎょすくいのとき、てんまくんがポイですくっているときの絵や図を見て、どうすくえばいいかわかりました。これからも本を書きつづけてほしいです。
おなまえ
ぼくはもともと小説がにがてだったけどこの本を読んで小説すきになりました。どんどん新しいかんを出してほしいです。
放課後ミステリクラブ
おなまえ　は今まで小説は読まなかったのですが、ミステリクラブは、初めて「おもしろい!!」と言って読みました。
本は好きだったおなまえ
読書の幅が広がりました。
ありがとうございます。応援してます。
すごくおもしろかったです。はやく続きを読みたいです。お願いします。
この本はとてもおもしろく、3人のせいかくがでていてとくに、天馬君のすいりはよくにあっとうされました。わたしも「あっそうなんだ!!」というぐらいとてもおもしろかったです。また新しいかんが読みたくなりました。
種田空良
そうくんかわいい
すばらしい作者様へ
お恥ずかしいことに、本屋大賞の話題を耳にするまではこの作品のことを知りませんでした。話が推理小説にしては長くなく、初めて推理小説に触れさせるのに良いと思いました。キャッチーなフレーズは子どもたちもハマりそうです!
おさななじみ2人が好きです!
Riku
Misuzu
天馬君
おなまえ

知念先生が好きで 初の子供向け小説と聞いて すぐに買いました。

シャーロック・アガサ・クリスティー をしょうかいするのは さすがだなと思いました。

自分の孫にも読ませたいと思います。

ただ少しむちゃだろう!!と思った事が……

ひみつ 金魚をはこんでプールにうつす…。すごく体力と力がいるのによく出来たなと思ってしまいました。

神戸市の小学校に勤務しています
本校では月に1回、朝の15分間を使って教師による読み聞かせの会をしています。絵本にはすぐに食いついてくる子どもたちなのですが、絵がない中で「聞いて楽しむ」となると、それが難しい子どもが少なからずいます。さらに言うと、自分で文章を読んで楽しむことができない…
中学年向きの小説が少ない中、読書の質を上げるためにさまざまな図書を紹介してきましたが、読書が苦手(絵本・図鑑から脱却できない)な子に合うものが見つけられず困っていました。ミステリクラブは、そういった子たちにもヒットし、今後の"読書の質向上"が楽しみです。

子どもからよく「何故勉強しなければならないの?」という言葉が聞かれます。この御本のあとがきにその問いに対する知念先生からのお答えと、子どもたちへのメッセージがわかり易く伝えられている事に深く感銘を受けました。そのメッセージは、今、子どもである子どもたちと、そして昔子どもだった私たち大人にも深く心に残るメッセージだと思います
これからも先生の御本を楽しみにしています

知念さんのファンなので、取り寄せて拝読いたしました。

子供むけとはいえ、ミステリの要素をきちんとおさえたストーリーは、さすがに知念さんの世界。また、「小説紹介」もあり、盛りだくさん。第2巻の出版も楽しみにしております。

天馬くんもねぶそくになるほどむずかしいすいりで、ぜんぜんわからなかったし、よそうもぜんぜんちがっていたけれど、やっぱり天馬くんにすごいなと思いました。

みんないろいろな個性があっておもしろかったです。わたしは、特に、柚木陸くんが好きです。3巻を楽しみにしています。

この物語はたくさんのちらばったエピソードや事件が一見関係の無いように見えても最後に全てがまとまり一つになる所がすっきりしておもしろいです。

こんにちは!! 小5のおなまえです。私はこの本に出てくる「ぼくは読者に挑戦する。」で、いつも、すごくなやみます。でもそれがとても楽しいです!!(そして毎回95%位、当たってうれしいです。)

私はミステリトリオのみんなが好きだけど、特に主人公の柚木陸が好きです。いつも何かと役に立つ、そんな陸が好きです。(助けてくれる)

主人公が謎をとくと思っていたけど辻堂天馬がといていてびっくりしました。
謎ときは思ったよりむずかしかったです。楽しめて読めました。

初めて御社の本を読ませていただきました。
仲良しグループによる小学校で起こったミステリーをあざやかに解決! 小学生に戻った気分でワクワクしながら読みました。続編も読みたいと思います。
本屋大賞ノミネート おめでとうございます!!

母娘や姉妹揃って読める本で気軽に簡単に読めて楽しめる所がとても良いです

ぼくはミステリクラブが大好きで、2かんも楽しみにしていました。

すごく読みやすく、犯人がだれか気になってわくわくします。

3かんも楽しみではやく春になってほしいです。

3かんをはやく出してほしいです。

ぼくは本があまり好きではなかったけどこの本はミステリーの本で少しこわかったりするのがおもしろいです。

この本の、おもしろいところは事件の真相が分かっていなくて、そして、天馬君が読者に問いかけるところです。

ぼくは犯人がほぼ分かりました。少しむずかしい所もあったけどすごくおもしろく付録や小説紹介でよかったです。絵もすてきで3巻を楽しみです。話もおもしろい内容でありがとうございます。

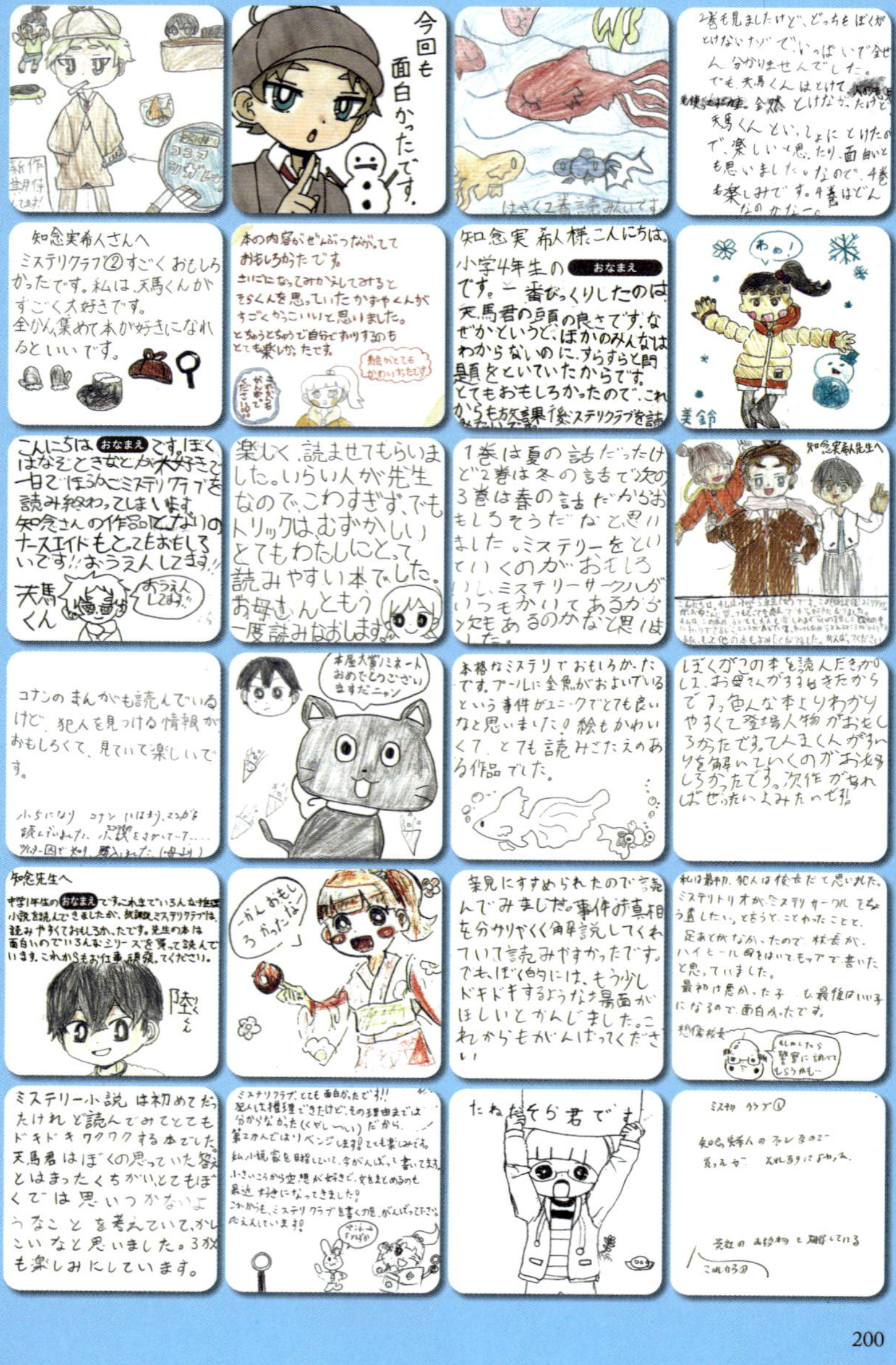

新作期待してます!

今回も面白かったです。

はやく2巻読みたいです
2巻も見ましたけど、どっちもぼくがとけないナゾでいっぱいで全ぜん分かりませんでした。でも、天馬くんはとけて、…とけなかったけど、天馬くんといっしょにとけたので、楽しいと思ったり、面白いとも思いました。なので、4巻も楽しみです。4巻はどんなのかなー。

知念実希人さんへ
ミステリクラブ②すごくおもしろかったです。私は、天馬くんがすごく大好きです。

全かん集めて本が好きになれるといいです。

本の内容がぜんぶつながってておもしろかったです。

さいごになってみかえしてみるときらくんを思っていたかずやくんがすごくかっこいいと思いました。

とちゅうとちゅうで自分ですいりするのもとても楽しかったです。

絵がとてもかわいかったです
知念実希人様こんにちは。

小学4年生のおなまえです。一番びっくりしたのは天馬君の頭の良さです。なぜかというと、ぼかのみんなはわからないのに、すらすらと問題をといていたからです。とてもおもしろかったので、これからも放課後ミステリクラブを読…

わぁ!

美鈴
こんにちはおなまえです。ぼくはなぞときなどが大好きで一日で〜ミステリクラブを読み終わってしまいます。知念さんの作品になりのナースエイドもとってもおもしろいです!!おうえんしてます!!

天馬くん
おうえんしてます!

楽しく読ませてもらいました。いらい人が先生なので、こわすぎず、でもトリックはむずかしいとてもわたしにとって読みやすい本でした。お母さんともう一度読みなおします。

1巻は夏の話だったけど2巻は冬の話で次の3巻は春の話だからおもしろそうだなと思いました。ミステリーをといていくのがおもしろい。ミステリーサークルがいつもかいてあるから次もあるのかなと思いました。

知念実希人先生へ
コナンのまんがも読んでいるけど、犯人を見つける情報がおもしろくて、見ていて楽しいです。

小5になりコナンにはまり、まんがを読んでいました。小説をさがしてーて…ツイッター? で知り、購入しました(母より)

本屋大賞ノミネートおめでとうございますだニャン
本格なミステリでおもしろかったです。プールに金魚がおよいでいるという事件がユニークでとても良いなと思いました。絵もかわいくて、とても読みごたえのある作品でした。

ぼくがこの本を読んだきっかけは、お母さんがすすめてきたからです。色んな本よりわかりやすくて登場人物がおもしろかったです。てんまくんがすいりを解いていくのがおもしろかったです。次作がなければぜったいよみたいです!

知念先生へ
中学1年生のおなまえです。これまでいろんな推理小説を読んできましたが、放課後ミステリクラブは、読みやすくておもしろかったです。先生の本は面白いのでいろんなシリーズを買って読んでいます。これからもお仕事頑張ってください。

陸くん
かんおもしろかったな!

母にすすめられたので読んでみました。事件の真相を分かりやすく解説してくれていて読みやすかったです。でも、ぼく的には、もう少しドキドキするような場面がほしいとかんじました。これからもがんばってください!

私は最初、犯人は校長だと思いました。ミステリトリオがミステリサークルをなぞう書したい、と思うとこどかったこと。足あとがなかったので、校長がハイヒールの母をはいてモップで書いたと思っていました。

最初は悪かった子も最後はいい子になるので、面白かったです。

もしかしたら警察に…

ミステリー小説は初めてだったけれど読んでみてとてもドキドキワクワクする本でした。天馬君はぼくの思っていた答えとはまったくちがい、とてもぼくでは思いつかないようなことを考えていて、かしこいなと思いました。3かんも楽しみにしています。

ミステリクラブ、とても面白かったです!!

犯人は推理できたけど、その理由までは分からなかった(くやしーい)だから第2かんではリベンジします!とても楽しみです。

私、小説家を目指していて、今がんばって書いてます。

小さいころから空想が好きで、文をまとめるのも最近好きになってきました!

これからも、ミステリクラブを書くの、がんばってください。

応えんしています!

たねなそら君です
ミステリクラブ①